Volker König

In Zukunft
Chillingham

Volker König

In Zukunft

Chillingham

Die deutsche Bibliothek verzeichnet diese Publikation in der Deutschen Nationalbibliografie; detaillierte bibliografische Daten sind im Internet über http://dnb.ddb.de abrufbar.

Neuauflage Dezember 2019
© 2013 Volker König
Herstellung und Verlag:
BoD – Books on Demand GmbH, Norderstedt
ISBN: 9 783750 416475

Wenn wir bedenken,
dass wir alle verrückt sind,
ist das Leben erklärt.

Mark Twain

754 v. Tom

Ich bin der Stärkste!

Ich grase.

Einer nähert sich meinen.

Keine zwanzig Halme konnte ich fressen.

Er beschnuppert sie. Sie wendet sich ab. Vielleicht seine Mutter. Er sucht weiter, als sei er der Stärkste.

Jetzt sieht er mich, geht abseits. Für einen Kampf das erste Zeichen. Er fegt sich Gras auf den Rücken. Das zweite Zeichen. Er brüllt. Das dritte Zeichen!

Ich senke den Kopf.

Er ist jünger, leichter. Ich werfe einen gewaltigen Haufen Erde und Gras auf meinen Rücken. Der Hunger ist vergessen.

Er brüllt lauter, aggressiver, aber er zittert. Sein Blick brennt sich in meinen. Kurz schweift er ab. Sein Verlangen ist größer als die Angst. Ein schlechtes Zeichen. Ich bin zum Letzten bereit.

Ich trabe.

Ich rase.

Ich stoße ins Leere!

Sein Horn streift meine Flanke. Schlecht gezielt. Ich wende, ramme ein Horn in seine Hüfte. Er stöhnt. Plötzlich sein Horn vor meinem Auge. Ich ducke mich, treffe seine Brust, hebe ihn vom Boden, werfe ihn hin und her. Er zieht sich zurück. Schweiß bedeckt und blutend verschwindet er hinter den Bäumen. Ich brülle. Die Kühe antworten. Da kommt der nächste.

Im harten, beinahe waagerecht peitschenden Regen erschien in Augenhöhe wie zufällig eine kleine Wolke. Die Wolke war ein Multipler, und er hasste solchen Regen.

Von Zeit zu Zeit zitterte der Boden wegen, so vermutete der Multiple, seismischer Aktivitäten des Planeten. Unter dem Multiplen, der kleinen Wolke, erstreckte sich ein mit großen Steinplatten bedeckter Platz, den größtenteils abgedeckte, baufällige Hütten nebst Laternen umstanden. Selbst ein Laie konnte erkennen, dass es mehr von diesen Hütten gegeben hatte vor nicht allzu langer Zeit. Die Bretter, aus denen sie gefertigt worden waren, lagen überall herum. Eine Handvoll kleinerer Nagetiere hatte sich darunter geflüchtet. Am Rand des Platzes parkten ein paar elektrische Fahrzeuge.

Eine Wolke konnte der Multiple nicht bleiben, denn er hatte einen Auftrag zu erfüllen, einen sehr ausgeklügelten Auftrag. Für gewöhnlich war es dem Multiplen egal, welche Form er annahm. Er war schon alles Mögliche gewesen: Pflanze, Tier, intelligente Lebensform, Schleim, aber auch Tür, Stehlampe oder gar Schrubber. Diesmal aber musste er wegen seines Auftrages die Form eines Menschen annehmen. Der Platz jedoch war menschenleer.

Ein Stöhnen ging durch das Raum-Zeit-Kontinuum.

Damit hatte der Multiple gerechnet. Das Raum-Zeit-Kontinuum, das Universum, musste den Multiplen zur Formwerdung in eine bestimmte räumliche Matrix einbinden, musste also für seine räumliche Ausdehnung sorgen. Das ist sein Job.

Wenn das Universum aber nicht auf ein am Ort der Formwerdung vorhandenes Muster zurückgreifen kann, weil sich die Multiplen etwas aussuchten, dann bedeutet das, mehr oder weniger Materie vom Ort der Formwerdung nutzen zu können, als vorhanden ist. Denn da die Menge der Materie, der Energie, immer gleich bleiben muss in ihrer Gesamtheit – das weiß selbst das kleinste Universum – die Multiplen sich aber trotzdem was aussuchten, so ist aus ihrer Umgebung entweder etwas wegzunehmen oder dazuzutun. Das führt zu Komplikationen mit der umgebenden Materie. Wer sich schon einmal seinen Kopf an einem niedrigen Querbalken in einem dunklen Kellergeschoss gestoßen hat, sollte die Schuld auf den extravaganten Wunsch eines raumzeitreisenden Multiplen schieben. In solch einem Fall zu stöhnen hielt das Kontinuum für gerechtfertigt.

Es stöhnte noch einmal und etwas lauter als gewöhnlich. Trotzdem setzte es den speziellen Wunsch des Multiplen unverzüglich um. Die kleineren Nagetiere sowie ein paar herumliegende Bretter verschwanden urplötzlich. Dafür verwandelte sich die kleine Wolke in einen mittelgroßen Mann mit Umhang und breitkrempigem Hut über zielstrebigen blauen Augen, einem langen, grauen Bart und einem Stock, auf den er sich stützte. So hergerichtet würde er hier als weitgereist gelten, als weise, phantastisch, mystisch wie überall sonst in den rückständigeren Bereichen des Universums außer auf Hänk, denn da gab man nichts auf Mystik, Phantastik oder gar Weisheit, was die katastrophalen Bedingungen dort hinreichend erklärte.

Die Steine des Pflasters gaben unter den Schritten des Multiplen etwas nach. Gleichzeitig leuchteten einige der Laternen in seiner Nähe auf. Geschickt, geschickt, dachte der Multiple. Er war sich nach wenigen Schritten über die

Größe des Planeten sicher. Die Schwerkraft hatte es ihm verraten. Er blieb stehen und saugte die würzige Luft ein, verachtete den Regen, aber freute sich, dass er durch seine neue Form beste Voraussetzungen für das Gelingen seines Auftrages geschaffen hatte. Hier würde er es problemlos eine Weile aushalten können, selbst wenn ihn der Auftrag etwas Zeit kostete. Aber was war schon Zeit?

Die Tür einer noch halbwegs intakten Hütte öffnete sich. Eine Frau mit einem Tuch um den Kopf und einem Korb am Arm warf einen mürrischen Blick zum Himmel, zog sich den Mantel enger um den Körper, stürzte dann, unverständliche Verwünschungen ausstoßend und eine ganze Kette von Laternen aufleuchten lassend, am Multiplen vorüber durch den peitschenden Regen und verschwand eilig in einer der drei Gassen am anderen Ende des Platzes. Der Multiple folgte ihr.

Die Frau sprang über Pfützen, wechselte ihretwegen aber auch mehrfach die Seite der Gasse und erreichte schließlich ein ausgedehntes, höheres und darum aufwändiges Gebäude am nördlichen Rande der Siedlung. Es bestand im Gegensatz zu allen anderen Gebäuden größtenteils aus Metall und war, ebenfalls im Gegensatz zu allen anderen Gebäuden, kreisrund. Offenbar war es einmal beschädigt worden, aber die Schäden waren mit Holzlatten so kunstvoll behoben, dass sie dem ganzen Gebäude etwas Erhabenes gaben. Nur seiner Bauart hatte es dieses Gebäude zu verdanken, dass es den Sturm und die Beben bisher überstanden hatte. Die Frau verschwand in einer Luke.

Die Erfahrung früherer Reisen ließ den Multiplen ahnen, dass dies ein Gebäude für Würdenträger war.

Zivilisationen verfahren in sehr ähnlicher Weise, wenn sie eine wie auch immer geartete Hierarchie kenntlich machen wollen. Würdenträger besetzen die aufwändigsten Gebäude, und wenn es solche nicht gibt, dann lassen sie welche errichten. Den Multiplen reizte es, ebenfalls durch diese Luke zu steigen, aber er musste vorsichtig sein. Gerade die Mächtigsten eines Volkes mögen es gar nicht, wenn man ihnen unvermittelt zu nahe kommt. Für gewöhnlich ist eine beliebig komplizierte Abfolge ritualisierter Handlungen nötig, um den Mächtigsten einer Gemeinschaft Auge in Auge gegenüberstehen zu dürfen. Eine Missachtung dieser formalen Annäherung kann lebensgefährlich sein. Der Multiple konnte nicht seines Lebens beraubt werden. Aber es war ungeschickt, sich schon zu Beginn der Mission Möglichkeiten zu verstellen. Ihr Erfolg wäre gefährdet.

Er näherte sich einem Fenster und blickte durch die verregnete Scheibe. Dort waren Menschen versammelt, und die Frau von eben verteilte gerade den Inhalt ihres Korbes an sie. Vor den versammelten Menschen saß ein großer Kerl, dessen linke Hand auf einem keuligen Gebilde ruhte. Ein paar Meter hinter ihm erhob sich die monströse, steinerne Statue einer rundlichen Frau, die in der einen Hand eine Stange mit einer Fahne hielt, in der anderen ein Objekt, das der Multiple nichts ihm Bekanntem zuordnen konnte. Es sah aus wie eine längliche Feldfrucht, schien aber technischer Natur zu sein.

Die Gesellschaft wirkte entspannt. Der Multiple beschloss, durch die Luke zu steigen.

Der Sturm riss ihm die Lukenklappe aus der Hand und ließ sie an die Gebäudewand krachen. Alle Anwesenden drehten sich ihm zu, der regennass in der Öffnung verharrte und nach einem entschuldigenden Lächeln suchte. Er hütete sich, etwas zu sagen, denn noch kannte er ihre Sprache nicht.

Der große Kerl am Ende des Raumes erhob sich.

„Sie wünschen?"

Das genügte dem Multiplen für eine Antwort.

„Entschuldigen Sie. Ich hatte nicht stören wollen."

„Den habe ich doch schon auf dem Platz gesehen!", rief die Frau mit dem Korb.

„Dann müssen wir also annehmen, dass Sie hier nicht fremd sind!", rief der große Kerl mit einer Geste, die alle anderen davon abhielt, sich auf den Multiplen zu stürzen. „Zumindest sind Sie nicht so fremd, wie Sie es gerade eben noch gewesen sind. Wie heißen Sie?"

Der Multiple ging einige Parameter durch, eliminierte die meisten davon, fügte was hinzu, schuf eine Verbindung und sagte dann: „Für gewöhnlich bin ich der, der ich bin. Aber ihr könnt mich Vilori nennen, wie meine Frau Aschera es auch tut."

„Dann wollen wir es auch so halten und heißen dich, Vilori, bei uns herzlich willkommen! Ich bin Pembantu, der Kanzler."

Der Kanzler setzte sich zurück in seinen Sessel, neben dem ein weiterer stand, den der Multiple durch das Fenster nicht hatte sehen können. Auf dem Sessel kauerte eine junge Frau, die im Gegensatz zu allen anderen von der Natur ... der die Natur ... die hässlich war. Jetzt flüsterte sie dem Kanzler etwas ins Ohr.

„Richtig. Fahren wir fort."

Der Multiple nahm in der hintersten Reihe Platz. Alsbald wurde ihm etwas vom Inhalt des Korbes gereicht. Es sah aus wie eine Praline und schmeckte auch so, aber die Schokolade fehlte.

„Meine lieben Freunde", begann Kanzler Pembantu, „in der vergangenen Nacht, als ich gerade in Zwiesprache mit Urmutter Bee stand ..."

Er drehte sich mit einer halben Verbeugung zur Statue hinter sich um. Ein Wispern ging durch den Raum, dem der Multiple entnahm, dass Kanzler Pembantu des öfteren Gespräche mit Bee, der Urmutter, der Schöpferin ihres Lebens, der Gestaltgeberin, führte. Alle Kanzler besaßen offenbar diese Gabe, aber für gewöhnlich wurde keine Versammlung einberufen, wenn sie genutzt worden war.

„... klopfte es an meine Tür."

„Wer war es?", rief einer.

„Es ist gut, dass du danach fragst, mein Freund, und ich will bald darauf zurückkommen", rief Pembantu und blickte mit erhobenen Händen zur Decke des Saales. „Es gibt einen Grund, warum der Wind in letzter Zeit so häufig wütet und dabei unsere Hütten zerstört. Es gibt einen Grund, weshalb die Wasser vom Himmel fallen, alles fruchtbare Land fortschwemmen und uns schlechte Ernten bescheren."

„Wir wissen alle, wem wir diese Zustände verdanken", rief die junge Frau neben dem Kanzler und erhob sich. „Als Überwacherin des Ritus klage ich, Genivev, dich, Pembantu, an, deine Pflichten versäumt zu haben. Als Gemahl der Urmutter Bee bist du verantwortlich für unser aller Wohlergehen. Wir sind hier nicht versammelt, um uns dein Gewinsel anzuhören, sondern wir erwarten, dass du die Konsequenzen deines Versagens trägst. Ich frage dich also hiermit vor der Versammlung in aller Form: Bist du bereit, dein Los anzunehmen?"

Der Kanzler war im Verlauf ihrer Rede zusammengesunken, jetzt straffte er sich.

„Selbstverständlich bin ich bereit. Es liegt mir fern, mein Schicksal von mir zu weisen. Als ich mein Amt antrat, wusste ich um die große Verantwortung, die mir damit auferlegt ist."

„Und die besteht nicht nur darin, für Nachkommen zu sorgen, sondern auch darin, unsere Ernährung zu gewährleisten!", rief Genivev.

„Das ist ja der Punkt", entgegnete Pembantu. „Mir sind Informationen zugetragen worden, die mein Versagen in einem anderen Licht erscheinen lassen, die es sogar erklären können. Es liegt nicht in meiner Macht, für gutes Wetter und gute Ernten zu sorgen, solange nicht ..."

„Du gibst es also zu", zischte Genivev.

„Ja, ich gebe es zu, aber der Grund für mein vermeintliches Versagen liegt an anderer Stelle."

„Nenn uns den Grund!", forderten die Anwesenden.

Kanzler Pembantu faltete seine Hände vor der Brust und neigte sein Haupt.

„Wir haben Urmutter Bee nicht genug Respekt erwiesen. Wir haben es uns gemütlich gemacht, haben uns zurückgelehnt und für ganz selbstverständlich gehalten, dass wir durch sie beschenkt wurden."

„Das ist ja alles Unsinn!", rief ein kleiner Kerl aus der Mitte der Versammlung und drängte nach vorne. „Schon vergangene Nacht hatte ich dir doch erklärt, dass das nur ein sekundärer Grund sein kann."

Es war dem Kanzler anzusehen, dass er seine Rede gerne in der einmal eingeschlagenen Richtung fortgeführt hätte, sah sich aber durch den Einwurf genötigt, ihr eine Wendung zu geben, verfrüht, wie er fand, denn viel lieber hätte er diese Wendung etwas dramatischer herausarbeiten wollen. So blieb ihm nur die Kurzfassung.

„Also gut. Grondil hatte an meine Tür geklopft. Er hat etwas herausgefunden. Aber sag es ihnen doch selbst."

Pembantu lehnte sich mürrisch in seinen Sessel zurück und überließ Grondil das Feld.

„Es geht hier weniger um Urmutter Bee, als vielmehr um die Urväter!", begann Grondil und blickte möglichst vielen scharf in die Augen.

„Wie ihr wisst, beschäftige ich mich mit allerhand Sachen, seit fünf Jahren aber nur noch mit einer einzigen: Unserer Herkunft. Schon vor drei Jahren hatte ich eine Vermutung, musste sie aber erst überprüfen. Ihr erinnert euch, dass wir von jedem einzelnen Blutproben genommen haben."

Ja, daran erinnerten sich alle. Vor allem an die Probe, die Genivev, der Überwacherin des Ritus, entnommen werden sollte. Aus Angst vor der Spritzennadel war sie, nur knapp einem elektrischen Vehikel ausweichend, über den Marktplatz und um das große Luftrad herum geflüchtet, hatte den Wassertank hinaufklettern wollen, diesen Weg aber als Sackgasse erkannte und war darum an Grondils Forschungsstation vorübergejagt. Dann war sie über einen Zaun gesprungen, den nicht einmal der starke Makut hätte überspringen können. Dann hatte ein Baum ihre Flucht gestoppt. Für die Blutprobe hatte man ihr nicht mehr in den Arm stechen müssen, dafür aber siebenmal in ihre rechte Augenbraue, um die Platzwunde zu nähen.

„Wie sich nun herausgestellt hat", fuhr Grondil fort, „also das ist jetzt sicher, wir haben immerhin fünftausend Proben untersucht, und zwar mehrfach, im Kreuztest ..."

„Nun rück´ schon raus damit!", rief einer.

Grondil blickte erneut möglichst vielen scharf in die Augen.

„Entgegen unserer bisherigen Anschauung von den vielen Vätern kann es nur einen einzigen Urvater geben! Wir stammen alle von den gleichen beiden Menschen ab."

Das feine Grinsen, das sich in Erinnerung an Genivevs Flucht in die Gesichter gezeichnet hatte, verschmierte.

„Ist das nicht irre?", fragte Kanzler Pembantu.

„Das ist es ganz und gar nicht!", rief Grondil. „Oder seht ihr hier eine zweite Statue?"

Die Versammelten schüttelten langsam die Köpfe.

„Die gehört da aber hin!", rief Grondil.

In die Stille mischte sich ein Hauch Verwirrung. Was das denn mit ihrem Problem zu tun habe, meldete sich jemand zu Wort, und Grondil musste sich sehr beherrschen, um bei so viel Unverständnis nicht aus der Haut zu fahren.

Urmutter Bee, so mächtig sie sich in der Vergangenheit auch erwiesen habe, sei für die Abwendung dieser Katastrophen nicht mächtig genug, erklärte er. Ein bisher nicht verehrter und darum zorniger Urvater aber könne hingegen dafür verantwortlich sein. Sie müssten eine Statue zu seinen Ehren errichten, und er, Grondil, sei überzeugt, dass sie so den zürnenden Urvater beschwichtigen könnten.

„Da hört ihr es!", rief Kanzler Pembantu. „Niemand kann von mir verlangen, mich mit einem Wesen in Verbindung zu setzen, das mir völlig unbekannt ist."

„Da hast du natürlich Recht", meinte Genivev nachdenklich. „Wenn die Dinge so liegen, dann haben wir ein Problem, das mit deiner Opferung nicht behoben werden kann."

„So sieht es aus!", rief Pembantu erleichtert. „Doch ich bin zuversichtlich. Ein erkanntes Problem kann in Angriff genommen werden. Was schlägst du also vor, Grondil?"

Grondil sackte in sich zusammen.

„Das ist es, was mir zu schaffen macht", flüsterte er. „Ich weiß nicht, was wir tun können. Um den Urvater angemessen ehren zu können, müssten wir mehr von ihm wissen. In den Aufzeichnungen steht aber kein Wort über ihn. Nicht einmal ein Bild von ihm ist dort zu finden. Wir sollten aber keine Statue bauen, die dem Urvater unähnlich ist. Am Ende verschlimmert sich unsere Situation noch. Wir müssen seine Geschichte kennen."

Kanzler Pembantu nahm Haltung an.

„Da über einen gemeinsamen Urvater nichts geschrieben steht, können wir nichts über ihn wissen. Wenn Grondil nicht so gescheit wäre und die Zusammenhänge aufgedeckt hätte, und zwar per Kreuztest", er nickte Grondil zu, der zurück nickte, „dann wüssten wir noch nicht einmal um die Existenz dieses Urvaters. Ich muss nichts verantworten, was sich nicht nur meinem und unserem Wissen, sondern auch meinen und unseren Möglichkeiten entzieht. Der Urvater wird uns für immer verborgen bleiben. Wir müssen uns unserem Schicksal stellen."

„Wenn ich dazu etwas sagen dürfte?"

Der Multiple hatte sich erhoben. Der Augenblick war günstig, um der Erfüllung seines Auftrages etwas mehr Schwung zu geben.

Kanzler Pembantu nickte ihm langsam zu.

„Ihr müsst den Urvater suchen. Ihr müsst ihn suchen und herbringen. Dann könnt ihr ihn befragen und ehren."

„Ein kühner Plan", meinte der Kanzler nachdenklich. „Ein Urvater, dem man Fragen stellen kann. Da würden wir sicher auch etwas über uns erfahren. Wir könnten ihm alles zeigen, was wir bisher erreicht haben, könnten ihm beweisen, dass wir etwas aus uns gemacht haben, dass wir etwas wert sind. Ich bin sicher, er wäre stolz auf uns."

Grondil sah ihn ungläubig an.

„Aber der Mann wird lange tot sein. Außerdem sagte ich doch schon, dass wir keinerlei Anhaltspunkt haben, wer er ist", rief Grondil. „Wie soll das also gehen?"

„Nichts leichter als das", meinte der Multiple, und seine Augen blitzten ungeheuer zielstrebig. „Wie ich sehe, habt ihr da eine Zeitmaschine."

3112 n. Tom

Das Problem des Zeitreisens wird für gewöhnlich stark überschätzt. Entscheidend für seine Lösung ist nämlich weniger die Frage, ob es überhaupt möglich ist, sondern vielmehr, ob man es wirklich will.

Da man sich in den rückständigen Bereichen des Kontinuums, außer auf Hänk, vor allem die erste Frage stellt, ist man dort auf diesem Gebiet bis heute nicht weitergekommen. Tatsächlich gab es aber – oder wird es geben – in einer ganz nahen Galaxis einen Horst Bischof. Er hatte nicht das Zeug dazu, ein Regal über seinem Lesesessel ordnungsgemäß zu befestigen, wollte aber auch niemanden damit beauftragen. Mit Hilfestellungen dieser Art sah er seine Autorität in Frage gestellt. Das Regal aber brach unter der Last der Gegenstände aus der Wand und traf den darunter sitzenden Horst Bischof am Kopf. Als er aus seiner Ohnmacht erwachte, deutete er die durch die Ohnmacht verursachte Verwirrung völlig richtig als Störung des Raum-Zeit-Kontinuums. Denn jener Horst Bischof war Naturwissenschaftler und beschäftigte sich mit solch seltsamen Phänomenen wie Schwarzfeldradien, Hyperrotationsvektoren und seiner Katze. In jener ganz nahen Galaxis hieß das Tier, das ihm manches Ungeziefer wegfing und ihm durch sein wohliges Brummen und seine Selbständigkeit viel Freude bereitete, zwar Katze, und es verhielt sich auch haargenau so. Rein äußerlich war es aber nicht mit einer unserer Katzen zu vergleichen. Diese Katze war nämlich ein wenig kubisch.

Nach dem Schlag auf sein Haupt ließ er Radien, Vektoren und Katze das sein, was sie sind, seltsame Phänomene nämlich, und stellte fortan Versuche mit schweren Gegenständen unter Laborbedingungen an. Neben dem unausweichlichen wissenschaftlichen Erfolg waren noch drei weitere Gründe ausschlaggebend für seine Beschäftigung.

Da war sein Wunsch, einmal unglaublich reich zu werden. Das würde die Voraussetzung für die Erfüllung seines zweiten Wunsches sein, denn Horst Bischof hatte viele Kinder. Jedes einzeln war selbstverständlich hochbegabt und sollte entsprechend gefördert werden, damit es es einmal besser hätte als er. Dazu brauchte er Geld, viel Geld. Mit dem vielen Geld für seine Erfindung würde es seinen Kindern tatsächlich einmal besser gehen als ihm selbst. Zusammen mit seinen vielen Kindern und seiner Frau, die mit fast schwachsinniger Euphorie beinahe sein ganzes Geld für neue Kleider auf den Kopf haute, lebte er in einem Verschlag mit einem weiteren Verschlag als Anbau, an dem noch ein Verschlag lehnte.

Der dritte Grund für die Entwicklung der Zeitmaschine war seine stille Hoffnung, ab und zu eine ruhige Kugel in der Vergangenheit oder der Zukunft schieben zu können, wo es dann keine hochbegabten Kinder und keine Frau geben würde. Ja, die, die beides haben, wollen beides loswerden, aber die, die nichts von beidem haben, wollen nichts sehnlicher. Ein Dilemma auch in anderen Galaxien.

Er begann also mit seinen Experimenten. Der Fall eines vierpfündigen Hammers aus exakt zweikommadrei Metern Höhe schickte ihn lediglich in stille Träume. Ein austarierter Gegenstand vom Gewicht eines Kleinwagens hingegen bescherte ihm den ersten Zeitsprung eines lebenden Stückes Materie in der Geschichte des Universums um ganz genau elf Jahre, sechs Monate, fünfzehn Tage und siebenkommaachteinseins Minuten.

Man hätten ihm ein Denkmal gesetzt. Aber Bischof wollte seine Maschine dann doch von jemandem, der geschickter in solchen Dingen war als er, bauen lassen. Und so wurde ihm seine Erfindung vom leitenden Mitarbeiter der Firma, zu der Bischof ging, gestohlen. Dieser leitende Mitarbeiter hatte natürlich seine Gründe dafür. Hauptsächlich wollte er irrsinnig viel Geld damit verdienen, damit seine ungeheure Anzahl hochbegabter Kinder es einmal besser haben sollte als er selbst.

Selbstverständlich ließ dieser leitende Mitarbeiter die Methode verbessern. Er beschrieb die feine Beziehung zwischen Masse und Wucht, desgleichen auch den überaus wichtigen Aufschlagwinkel, den er erst Bischof-In-Memoriam-Winkel, auch kurz BIM-Winkel, taufen wollte. Von dieser verräterischen Idee verabschiedete er sich aber rasch, denn wie hätte er den winzigen Verschlag an seinem Haus erklären sollen, der unmittelbar nach Bischofs Besuch bei ihm dort entstanden war? In diesem winzigen Verschlag lag die Leiche von Horst Bischof begraben. Der Kopf war mit einer Keule zerschlagen worden.

Nachdem der leitende Mitarbeiter seine Entdeckung der Öffentlichkeit vorgestellt hatte, ließ man alle anderen Versuche mit hoch komplizierten Maschinen bleiben zu Gunsten einer noch komplizierteren Maschine, die große Ähnlichkeit mit einer steinzeitlichen Streitkeule hatte.

Diese Maschine konnte die Kraft für einen Schlag auf den Kopf, der zu einer Zeitreise führt, exakt dosieren. Schlagkraft und Reisezeit sind nicht linear, sondern nur ganz knapp exponentiell voneinander abhängig. Der Exponent zur Basis Eh ist dreizehnsiebenhundertzweiunddreißigstel. Herausgefunden hat das eine Frau mit Namen Wilburga Hänsli, weswegen der Exponent auch schlicht „Hä" heißt. Dann stehen noch ein paar Faktoren in der Abhängigkeitsgleichung zusammen mit einem weiteren Faktor, der der Einfachheit halber meist vernachlässigt wird, weil sich in ihm vor allem die aktuelle Großwetterlage niederschlägt.

Als kleiner Nebeneffekt ist zu verzeichnen, dass mit der Zeitreise auch eine Raumreise einhergeht. Das liegt am Raum-Zeit-Kontinuum. Bei Raumreisen reist man zwangsläufig in der Zeit, folglich muss man bei Zeitreisen auch im Raum reisen. Um an dieselbe Stelle in einer anderen Zeit zu gelangen, reist man tatsächlich ein oder mehrmals durch das gesamte Raum-Zeit-Kontinuum wie auf einer Sinuskurve, die periodisch die Nulllinie kreuzt. Bischof hatte hierüber bereits Vermutungen in nicht beachteten Skripten geäußert. Nach seinem bahnbrechenden Experiment mit dem austarierten Gegenstand vom Gewicht eines Kleinwagens hatte Bischof immerhin schon die Entfernung Labor-Intensivstation zurückgelegt.

Für den Antritt einer Zeitreise braucht es also nur eines wohldosierten, überaus harten Schlages im richtigen Winkel vor den Kopf eines Humanoiden mit dieser Maschine. Man kann allein wie zu zweit mit ihr reisen. Reist man allein, hält man sich die Keule, die zuvor auf das Reiseziel programmiert wurde, vor den Kopf, und die Maschine tut den Rest. Reist man hingegen zu zweit, so kommen beide Reisenden zwar in derselben Zeit an, die Position des einen wird sich aber im Verhältnis zu der des anderen immer etwas verschoben haben. Um diese Verschiebung möglichst klein zu halten, bedarf es ein wenig Sorgfalt bei der Einhaltung der Startbedingungen. Bevor es also losgehen kann, muss der zweite Zeitreisende, also der, der nicht der Keulenträger ist, ganz leicht an der Schulter berührt werden, um ihn in die optimale Position zu drehen. So divergieren die Zielpositionen der zwei Reisenden nicht zu stark.

Das keulige Hoheitszeichen des Kanzlers Pembantu war tatsächlich eine Zeitmaschine, die vor einer Ewigkeit ein Zeit-
reisender mit sich geführt hatte. Eine Weile hatte sie in der
Ecke eines Verschlages gelehnt und wurde, wenn nichts anderes zur Hand war, zum Ausklopfen von Strohmatten verwendet. Einer der Vorgänger Pembantus hatte eines Tages
einen Streit um die Keule zu schlichten und stellte sie sich
darum unter seine Hand. Kein weiterer Streit um sie sollte
mehr entbrennen. Seitdem war sie das Insigne der Macht,
das Zeichen für Frieden und Rechtsprechung. In ihrer eigentlichen Funktion hingegen wurde sie niemals benutzt,
denn, so stand es geschrieben, das Reisen in der Zeit war
verboten. Die Reisenden in der Zeit waren genauso verboten. Der Zeitreisende, der damals mit der Keule gekommen
war, ruhte in einem kleinen Verschlag neben dem Verschlag, in dessen Ecke die Zeitmaschine gelehnt hatte.

Nun allerdings, da ihre Existenz durch Katastrophen be-
droht wurde, hielt Kanzler Pembantu es für notwendig, dieses Gesetz aufzuheben. Wenn nur eine Zeitreise ihr
Schicksal abwenden konnte, dann musste sie unternommen
werden. Das Verbot bliebe zwar im Allgemeinen bestehen,
so erklärte er. Da es sich hier aber um nur eine einzige Reise
handele, sei das gerade so, als hätte diese gar nicht stattge-
funden.

Das Verbot des Zeitreisens mir nichts dir nichts aufzuheben oder zu beugen erschien einigen diskussionswürdig. Immerhin sollte das Zeitreisen gefährlich sein, genau so wie die
Zeitreisenden selbst und alle anderen Fremden auch. So

stand es geschrieben. Wenn das jetzt nicht mehr gelten solle, dann habe es auch früher nicht zu gelten brauchen. Man hätte schon viel früher einmal eine kleine Reise unternehmen können. Außerdem wäre vor Jahren dann ein völlig Unschuldiger von ihnen erschlagen worden.

Das, was geschrieben stehe, warf Grondil ein, habe sich in der Vergangenheit oft genug als fehlerhaft erwiesen. Solange man die Gefährlichkeit des Zeitreisens nicht geprüft habe, sei keine gültige Aussage darüber zu treffen.

Dem widersprachen andere. Indirekt habe der Zeitreisende von damals bewiesen, wie gefährlich solche Reisen seien. Nach seinem plötzlichen Auftauchen in der Mitte des großen Platzes sei ja kaum ein Wimpernschlag an Zeit verstrichen, bis ihm, dem Fremden, jemand eins übergezogen hatte, wie es, möglicherweise fälschlich, geschrieben stand. Mangels eigener Erfahrungen und Alternativen müsse man den Vorschlag des Fremden, der ja auch sehr plötzlich unter ihnen erschienen sei, sich aber schnell genug als Bekannter erwiesen hatte, umso ernster nehmen.

Es ging in dieser Weise eine Weile hin und her. Die Zweifler warfen zuletzt noch das Argument ein, dass sich der aufgespürte Schöpfer als unehrenhaft oder gewöhnlich erweisen könne. Diese Möglichkeit müsse ausgeschlossen werden, wurde gekontert, denn angesichts ihrer eigenen Ehrenhaftigkeit und Besonderheit müsse der Schöpfer es ebenfalls sein. Die zu klärende Frage sei vielmehr, wie ehrenhaft und besonders er sei und welches Potential darum in ihnen allen stecke. Das hielten schließlich auch diese letzten Zweifler für plausibel. Nun waren sie bereit, angesichts der Umstände, angesichts der Katastrophen und auch angesichts ihrer lückenhaften Geschichte, deren Vervollständigung sicher den Beweis für ihre ehrenvolle Herkunft barg, eventuell vorhandene Risiken einer Zeitreise zwar nicht zu ignorieren, aber sie doch fürs erste hintenanzustellen.

Daraufhin ließ sich der Multiple die Keule reichen, wog sie in den Händen, drehte sie hin und her und meinte schließlich, dass es sich hier wohl um die neueste Version handele. Früheren Versionen hätten noch Fehler gehabt, und darin habe auch die einzige Gefahr einer Zeitreise bestanden. Zeitreisende, die beispielsweise in Kampfgetümmel, Lavaströmen, Waldbränden oder gar unter Wasser erschienen seien, hätten das oftmals mit dem Leben bezahlt. Die Entwickler hätten zwar für den Fall einer Fehlfunktion eine Korrekturschleife eingebaut, die den Benutzer der Keule zurück in seine Heimatwelt bringen sollte. Aber schließlich sei diese Korrekturschleife am Ende auch nicht frei von Fehlern gewesen und habe die Sache darum mitunter verschlimmert. Die Korrekturschleife zurück in die Startzeit sei darum durch eine Warteschleife ersetzt worden. Sie gestatte es dem Zeitreisenden, ein wenig in einer Zeitblase verharren zu können, bevor er sich der neuen Zeit aussetzte. Dieses Exemplar in seinen Händen sei einwandfrei, sagte der Multiple. Seit Generationen werde es ohne Probleme im gesamten Universum verwendet.

Die Befürchtung, das Raum-Zeit-Kontinuum könne durch eine Zeitreise durcheinandergebracht werden, bezeichnete er, noch bevor jemand diese Befürchtung zur Sprache bringen konnte, als blanken Unsinn. Das Raum-Zeit-Kontinuum könne überhaupt nicht durcheinandergebracht werden, denn Kontinuum bedeute ja, dass etwas ohne zeitliche oder räumliche Unterbrechung auf etwas anderes folgt. Man könne nicht sagen, wo das eine beginne und das andere ende. Alles gehe beliebig ineinander über. Etwas durcheinanderzubringen setze überdies eine Ordnung voraus, die durcheinanderzubringen sei. Eine derartige Ordnung gebe es hingegen gar nicht. Lediglich in der Vorstellung bestimmter Bewusstheiten, die ihre eigene Wirklichkeit oder ihre Vorstellung davon für einzig richtig oder verlässlich oder sinnvoll hielten, scheine sie existent. Die befürchtete Unlogik entstehe also nur in den Köpfen einiger Mitglieder rückständiger Zivilisationen, die in Wirklichkeit gar keine Zeitreise unternehmen wollten. Die Köpfe dieser Rückständigen seien somit überhaupt nicht darauf eingestellt, die ganze Dynamik und Tiefe des Kontinuums zu verstehen, und wollten sich in erster Linie mit ihren Befürchtungen wichtigmachen. Dabei sollten sie gar nicht erst versuchen, etwas für sie so Unfassbares wie das Raum-Zeit-Kontinuum, das Universum also, zu durchschauen.

Der Multiple war überzeugt, dass ihn hier niemand auch nur annähernd verstand.

„Du meinst also, wir können es wagen?", fragte Kanzler Pembantu.

„Ihr müsst es wagen", antwortete der Multiple. „Bleibt nur noch die Frage, wen ihr schicken wollt."

Sie wählten Rhaankg, weil ihm der Ruf anhing, mehr von der Welt wahrzunehmen als alle anderen. Er hörte offenbar unablässig ein Stimmengewirr, von dem er behauptete, dass es von der Schöpfung selbst erzeugt würde, um ihm etwas mitzuteilen. Leider schälte sich aus diesem Gewirr nur selten etwas Verständliches heraus. Meistens herrschte in Rhaankgs Kopf daher nur ein Rauschen.

„Nun gut", meinte der Multiple. „Dann will ich dir die Maschine mal erklären. Schau mal …"

Am Rande einer Wiese in der Grafschaft Tankerville, nahe der Ortschaft Chillingham, erschien Rhaankg, völlig unpassend in einen tadellosen grauen Anzug gekleidet, mit seiner Zeitmaschine. Der Multiple hatte ihn zwar in die Geheimnisse der Maschine eingeweiht, hatte ihm die Bedeutung der drehbaren Scheiben erklärt, ihn zwei, drei kurze Testreisen durchführen lassen, die zu seiner Zufriedenheit verlaufen waren, aber Rhaankg hatte wohl doch irgendetwas durcheinandergebracht. Er hatte ja auch an viel zu denken.

Da waren erst einmal diese Scheiben. Sie bildeten das dicke Ende der Keule und mussten, angefangen von der Scheibe an der Spitze, gegeneinander verdreht werden. So stellte er die Zeit ein. Dann musste er einen Anzug auswählen, der, und da waren sich alle einig, allzeitig sein sollte. Dieser graue war dabei herausgekommen. Rhaankg sollte, so hatte ihm der Multiple eingeschärft, beim Eintreffen in einer anderen Zeit sehr behutsam vorgehen. Die Zeitblase, in die er eingehüllt war, sollte er zunächst intakt lassen, damit er nicht gesehen wurde, selbst aber alles sehen und sogar ein wenig hören konnte. Er sollte dann, wenn er sich sicher genug fühlte oder unbedingt mehr hören musste, die Blase platzen lassen. Er sollte erst einmal nichts essen oder trinken, keine Gespräche führen, aber die Ohren offen halten. Die Spur des Schöpfers würde sich nur schwer finden lassen, aber Rhaankg würde dank seiner Fähigkeiten sicher fündig.

Dann wollten einige im Saal etwas mitgebracht haben, dann wollten alle etwas mitgebracht haben, was Rhaankg ihnen ausreden konnte. Vor allem aber solle er ihnen für die

Rückkehr etwa einen Monat Zeit lassen, damit sie alles für die Ankunft des Schöpfers herrichten konnten. Für ihn sei das ja ein Klacks, denn schließlich könne er sich aussuchen, wann er wieder in ihrer Zeit und ihrer Gegend auftauchen würde. Kanzler Pembantu hatte sich erkundigt, ob man den Eintreffort festlegen könne, was der Multiple verjeint hatte. Das eine ginge mit dem anderen einher. Das Kontinuum halt. Aber mit ein wenig Geschick ließe sich allerhand steuern. Daraufhin hatte Kanzler Pembantu den schon leidlich überforderten Rhaankg beiseite genommen und ihm zugeflüstert, dass er genau diese Geschicklichkeit von ihm erwarte, damit er mit dem Schöpfer in einem Monat genau vor dem Standbild der Urmutter erscheint. Andernfalls könne Rhaankg sich alles, was er vom Leben erwarte, von der Backe schmieren.

So unter Druck gesetzt musste Rhaankg wohl etwas nicht richtig umgesetzt haben. Anstatt also am letzten bekannte Aufenthaltsort von Urmutter Bee anzukommen, war er am Rande dieser Wiese erschienen.

Als erstes sah er eine Kuh. Diese Kuh war weiß mit fuchsroten Ohren. Sie stand mit ihren weißen Beinen im feuchten Gras, sie stand gewissermaßen in ihrem Teller. Rhaankg hatte noch nie eine Kuh gesehen, und so war er unsicher, wie er sich verhalten sollte. Vorsichtshalber stellte er sich hinter eine uralte Eiche, und das war gut so, denn diese Kuh war brandgefährlich!

Ein paar andere, weiß wie sie und mit fuchsroten Ohren wie sie und genauso brandgefährlich wie sie, standen in einiger Entfernungt. Keine von ihnen graste. Alle blickten in dieselbe Richtung. Einigen hing das letzte Büschel Gras aus dem Maulwinkel. Selbst der riesige Bulle, der in der Nähe der Kühe unter anderen uralten Eichen stand, hatte aufgehört, sich um seine erstarkenden Rivalen zu kümmern. Dort, hundert Schritte entfernt von ihm und den Kühen, tat sich nämlich etwas.

Wenn sich hundert Schritte von Kühen etwas tut, dann starren sie es an. Sie scheinen verzweifelt bemüht zu verstehen, was sie anstarren. Wir sind uns indes sicher, dass sie nicht verstehen, was sie anstarren. Das Starren der Kühe werten wir als diffuses Interesse und würden uns darum niemals Sorgen deswegen machen.

Bei diesen Kühen jedoch musste man sich ernsthaft Sorgen machen. Zumindest dann, wenn man eine Kuh einer anderen Herde war oder ein anderes Tier von annähernd Kuhgröße oder eine Kutsche, ein Mensch ... Ja, gerade als Mensch, als erwachsener Mensch, musste man sich vor diesen Tieren in Acht nehmen. Denn diese Kühe starrten nicht nur, sie beobachteten. Und das, was die Kühe in hundert Schritt Entfernung beobachteten, war eine Gruppe von erwachsenen Menschen.

Sie sollten eine Mauer um die Tiere herum bauen. So hatte es ihnen der Graf aufgetragen. Und diesem Grafen hatte es der König von England selbst erlaubt. Das Fleisch dieser Rinder schmeckte hervorragend und diente darum als Notration, falls mal wieder eine Ernte ausblieb. So hatte man sich entschlossen, diese sehr teure Mauer zu bauen. In angemessener Entfernung zu den Rindern selbstverständlich. Man hielt es für eine gute Idee, diese Tiere von ihrer Umwelt abzuschotten. Man wollte einfach nicht, dass sie unkontrolliert in der Gegend herumliefen, brandgefährlich, wie sie waren.

Es gab die Kühe schon lange. Obwohl ihre Population nur klein war, hatten sich keine genetische Schäden bei ihnen durchsetzen können. Bei ihnen durfte sich nur der stärkste

Bulle paaren. Wenn seine Töchter empfängnisbereit wurden, war er längst von einem noch stärkeren verdrängt worden.

Die Tiere beobachteten also diese Menschen, wie sie die Mauer, eine Trockenmauer, um sie herum aufschichteten. Sie interessierte es kein bisschen, welche Art Steine benutzt wurde, aber ganz sicher, wo genau diese Mauer verlaufen würde.

Vor allem die Tatsache, dass da Menschen waren, ließ diese Kühe und Kälber und den Bullen verharrend und starrend beobachten. Denn Menschen, darin waren sie sich einig, sind überflüssig. Sie machen aus einer schönen Wiese etwas Unanständiges. Auch aus anderen Rindern machen sie etwas Unanständiges, wenn nicht gar Grauenvolles. Diese speziellen Rinder wussten darum. Sie wusste auch, dass die Menschen von sich behaupteten, sie seien kein Teil des Universums, sondern etwas Anderes, etwas Besseres und dürften sich darum alles Andere untertan machen. Ihr Gott hatte ihnen das erlaubt.

Das war frech, denn auch das letzte Photon, Myon, Lepton Hadron oder Quark weiß, dass alles aus denselben Sachen aufgebaut ist. Und was aus denselben Sachen aufgebaut ist, kann nur werden, was diesen Sachen eigen ist. Aus Eiern, Mehl und Milch kann man zwar nicht nur Pfannkuchen backen, aber dennoch wird kaum etwas völlig anderes daraus entstehen. Punktum! Und nur, weil sich vor Milliarden Jahren – was selbst in den Dimensionen des Universums keine Kleinigkeit ist – ein paar Kohlenstoffatome mit anderen Atomen auf einem klitzekleinen Planeten namens Erde zusammengerauft und dann nach den Gesetzen, denen alle folgen mussten, etwas zunächst Erquickliches gebildet hatten, sollte da inzwischen etwas völlig Anderes entstanden sein? Etwas, das sich für so wichtig hielt, dass es das Recht in Anspruch nahm, sich den ganzen Rest untertan zu machen?

Als die Menschen begannen, Schindluder mit ihnen und allerhand anderen Spezies zu treiben, ahnten die Rinder, dass da noch mehr kommen würde. In der Zukunft. In einer noch sehr fernen Zukunft. Denn die Menschen verbanden schon immer Begreifen mit Anfassen. Was sie anfassten, nahmen sie auch auseinander, ohne sich darum zu kümmern, es je wieder zusammensetzen zu können. Um ihr Begreifen zu verhindern, wollten die Rinder das Raum-Zeit-Kontinuum, das Universum, darüber in Kenntnis setzen, dass hier bald was passieren müsste. Wer so rücksichtslos ihre Bewegungen einschränken wollte, von dem war auch sonst nichts Gutes in Zukunft zu erwarten.

Die Rinder wollten sich aber nicht direkt an das Universum wenden, denn zum einen stellt das einen erheblichen Energieaufwand dar, zum anderen wollten sie den Dienstweg einhalten. Das war höflicher und hatte damit größere Aussicht auf Erfolg. Sie würden sich an die Erde wenden, denn sie standen in direktem Kontakt zu ihr.

Nun, es mag seltsam klingen, dass irgendwelche Kühe auf einer Wiese in Nothumberland, Nordengland, in der Lage sind, der Erde etwas mitzuteilen. Aber in Wahrheit ist die Kommunikation zwischen aller Materie die normalste Sache der Welt. Das ganze Universum kommuniziert! Es redet, tratscht, schwätzt, plaudert was aus.

Rhaankg konnte ein Lied davon singen. Da die Rinder die Menschen fixierten, traute er sich etwas hinter der Eiche hervor. Plötzlich erlebte er einen dieser Momente, in denen sich aus dem Rauschen etwas Brauchbares herauslöste.

Die Kühe trugen der Erde etwas vor. Die ließ alle und alles schweigen. Das war für das Universum, in dem immer jeder überall etwas sagen darf und zu sagen hat, sehr ungewöhnlich. Auch Rhaankgs Ohren hörten plötzlich sehr viel weniger.

Die Erde sammelte sich einen Moment und begann dann zu sprechen.

„Hallo, ihr alle! Es gibt etwas zu tun! Ich habe hier ein paar Kühe, die sich größte Sorgen um die Materie namens Mensch machen. Die Menschen wollen gerne in eine andere Dimension aufsteigen und haben dazu bereits allerhand in die Wege geleitet. Unglücklicherweise kommen sie aber nicht recht voran. Das Leiden der Menschen muss beendet werden. Es bedarf dringend der Unterstützung bei ihrer Umwandlung. Wie das zu machen ist, ist den Rindern egal.

Und? Wie geht's sonst so?"

Das Universum fand lobende Worte für die Kühe, weil sie den Dienstweg eingehalten hatten. Jetzt sei es aber an der Zeit, in direkten Kontakt mit den Menschen zu treten. Die Erde behauptete nach Rücksprache mit den Kühen, dass die Menschen schon stark angeschlagen seien. Die Kühe hätten in ihrer Herzensgüte ihre Hilfe für diesen letzten Dienst angeboten.

Das reichte dem Universum. Es erstellte eifrig einen Plan. Denn wenn es um Umwandlungen geht, ist das Universum sehr, sehr aufgeschlossen. Sehr, sehr aufgeschlossen!

All das hatte Rhaankg hinter der Eiche mitverfolgt. Eine Umwandlung also? War die Urmutter nicht aus einer derartigen Umwandlung hervorgegangen? War sie nicht der Legende nach einem Höllenfeuer entkommen und hatte daraufhin die Herrschaft übernommen? Das klang genau so bekannt wie kryptisch. Wenn er die Urmutter fand, dann würde er auch auf den Schöpfer treffen. Er musste folglich diese Umwandlung aufspüren. Am Ende war es doch gut gewesen, hier zu erscheinen.

Das Universum wollte dann nur noch wissen, wann diese Umwandlung vollzogen werden soll. Die Erde nahm kurze Rücksprache mit den Kühen, und die meinten, dass im Grunde keine Zeit zu verlieren sei. Die Erde aber empfand das als profan und erklärte stattdessen Folgendes:

„Wenn das zunächst Vollkommene unvollkommen wird, soll es soweit sein."

Nachdem die Rinder ihre Forderung der Erde und so dem Universum mitgeteilt hatten, wollten sie aber nicht untätig herumstehen und warten, bis sich eine Wirkung zeigte. Nein, sie konnten schon selbst einen Anfang machen, denn immerhin wurde gerade eine Mauer um sie herum gebaut. Und sie hatten ausnahmslos etwas extrem Hinterhältiges im Sinn, etwas Brutales, etwas, das Zeichen setzen würde.

Der riesige Leitbulle machte jetzt mit einem kalten Glitzern in den Augen einen ersten Schritt auf die entfernten Menschen zu.

496 v. Tom

Weit draußen in der schwarzen Kälte des Universums, in ungefähr dreihundertundneunzigmillionen Kilometern Entfernung zum scheinbar so ruhigen und sehr blauen Planeten der Kühe, aber noch vor Jupiter, zog ein verhältnismäßig kleiner Berg seine Bahn.

Ein Berg im eigentlichen Sinne war er zwar nicht, denn Berge ragen aus einer Ebene auf und sind außerdem massiv. Dieser hier war lediglich eine Ansammlung von Haufen, locker und unförmig zusammengedrückt, ein verhältnismäßig riesiger düsterer Ballen aus Eisen und Staub, aber ohne Eis. Wenn er aber einmal mit etwas mehr Gravitation in Berührung kommen würde, könnte ein Berg aus ihm werden. Tief in ihm lag die Möglichkeit verborgen, und deshalb, so fand er, war er eigentlich schon einer.

Er war verhältnismäßig klein zu Jupiter, hätte aber angesichts des Mount Everests nur müde gelächelt. Um ihn herum gab es noch einen ganzen Haufen anderer Berge, und ein paar von denen mochte er sogar. Nun, er mochte sie nicht, wie man eine Freundin oder ein Haustier mag, aber doch so wie einen Hotelportier.

Der Berg fühlte sich wohl dort draußen. Die Kälte machte ihm gar nichts aus, Dunkelheit und Stille ebenso wenig. Er drehte sich ein paar Mal pro Stunde um seine Achse und dachte mit Vorliebe an seine Beinahekollision vor knapp vierkommafünf Milliarden Jahren, die ihn in Rotation versetzt hatte.

Ja, damals war er zwar noch nicht so groß gewesen, aber dem Everest hätte es dennoch die Sprache verschlagen.

Selbst wenn es damals geklappt hätte, so hätte es immer noch in den Sternen gestanden, ob er ein Berg geworden wäre. Denn damals waren die Planeten noch rot glühend gewesen. Sie hätten ihn einfach in sich aufgenommen.

Wahrscheinlich wäre der Berg noch einmal ein paar Milliarden Jahre durch die Tiefen des Alls um den weit entfernten Stern gerast, hätte es da nicht eine kleine, eine winzige Ungenauigkeit gegeben. Diese Ungenauigkeit war irgendwo in seinem Inneren entstanden und hatte etwas mit der Verteilung von Eisen und Staub, mit Beschleunigung und dem sonderbaren Verhalten von Materie in ihrer kleinsten Ausprägung zu tun. Vielleicht hatte aber auch die sogenannte dunkle Materie ihre schmutzigen Finger mit im Spiel. Tatsächlich war das alles aber die Antwort des Universums auf das Gesuch der Erde, man möge den Menschen eine Umwandlung zuteilwerden lassen.

So begab es sich, dass sich die Rotationsachse des Berges ein wenig verschob. Man könnte meinen, dass das kaum ins Gewicht fallen würde, doch von dieser kleinen Verschiebung war die gleichmäßige Bestrahlung des Bergs durch den weit entfernten Stern betroffen. Mit Änderung der Rotationsachse und der veränderten Bestrahlung in einem kaum nennenswerten Bereich seiner Oberfläche kam es zu weiteren Konsequenzen. Der Berg hatte es bei früheren Begleitern auf seinem Weg beobachten können. Sie waren aus dem Kollektiv geschert und verschwunden. Auf den Stern zu. Und genau das würde ihm jetzt auch passieren. Er würde ausscheren und verschwinden, auf den Stern zu. Super!

Archie Trout war nicht von der schnellen Sorte. Er war nicht nur langsam, er war dazu auch vergesslich. Alle Trouts waren langsam und vergesslich, und Archie war verglichen mit dem Rest seiner Sippe sogar noch schnell und helle. Doch nicht so schnell und helle, um einem Außenstehenden eine einigermaßen plausible Erklärung dafür zu liefern, wie er beispielsweise seine Ausbildung hatte abschließen können oder an sein Frau geraten war.

Mrs Trout wusste ganz genau, warum sie Archie genommen hatte. Die Gründe hierfür lagen klar auf der Hand oder besser in der Hose. Archie Trouts Kinderzahl bewies das. Beim Kindermachen ist Schnelligkeit und ein Gedächtnis wie ein Elefant keine Voraussetzung. Da zählt eine andere Qualität, und mit der waren alle männlichen Trouts ausgestattet. Ja, sie waren sehr gut ausgestattet.

Und was seine Ausbildung anging, war Archie Trout zwar langsam, aber er konnte wie kein Zweiter Steine übereinanderschichten. Ob grob behauen, exakt geschnitten, es war ihm einerlei. Er nahm sie in die Hand, wog sie ein wenig, betrachtete ihre Form und setzte sie dann genau an die Stelle eines Bauwerkes, wo die Steine selbst gerne hingewollt hätten. Wäre es nach Archie Trout gegangen, dann war Mörtel überflüssig. Seine Steine brauchten nicht durch eine wie auch immer geartete Paste gehalten zu werden. Seine Steine passten ineinander, verzahnten sich, schienen miteinander zu verschmelzen. Ein Gebäude, an das Archie Trout Hand angelegt hatte, würde jeder Erschütterung widerstehen.

Heute war er mit einer Mauer beschäftigt. Der König selbst hatte den Grafen angewiesen, der dann den Meister beauftragte, der ihm, Archie Trout, gesagt hatte, dass die Mauer gezogen werden müsse. Er solle sich wie immer Mühe geben und sich dabei Zeit lassen. Als gebe er sich nicht immer Mühe, und Zeit war ohnehin reichlich da. Für eine Mauer! Dabei träumte Archie Trout von Palästen, von Monumenten, von riesigen Brücken. Eine Mauer war Kinderkram. Für eine Mauer hätte er tatsächlich eines seiner Kinder schicken können.

Ein paar andere aus dem Dorf gingen ihm zur Hand. Zum Glück brauchte er niemanden, der ihm den verhassten Mörtel mischen würde, denn dies sollte eine Trockenmauer werden, und dafür brauchte er, dem Himmel sei Dank, keinen. Aber er brauchte Arme, die Steine schleppten, den Untergrund ebneten, die Werkzeuge bereithielten, die Verpflegung herbeitrugen.

Archie Trout passte einen Stein dem anderen an, obwohl das für diese Mauer eigentlich kaum nötig war. Aber sein Stolz verlangte es. Sein Stolz würde ihm nicht nur das Genick, sondern jeden einzelnen Knochen in seinem Körper brechen. Denn um einen Stein genau einzupassen, braucht es Zeit, selbst wenn Zeit ohnehin reichlich da und man solch ein Genie wie Archie Trout war.

Gerade galt es einen Bach zu überbrücken. Archie Trout stand mitten darin und überlegte, wie groß der Durchlass wohl sein musste, um auch für das Schmelzwasser im Frühjahr zu genügen. Dann blähte sich der Bach nämlich zu einem wild brüllenden Monster auf. Seine Kraft würde sich vor einem zu engen Durchlass stauen und dadurch vielleicht diesen Teil der Mauer gefährden. Archie Trout hielt es für das Beste, lieber eine Nummer größer für den Durchlass zu wählen. Also nahm er drei Steinlängen von jeder Seite des Ufers fort und schichtete dafür drei Steindicken höher auf, bevor er mit dem Überspannen des Baches begann und so den zukünftigen Durchlass erweiterte. Aber irgendwie passte der von ihm gewählte Stein nicht so, wie Archie Trout es gedacht hatte. Er prüfte die Form des Steins erneut. Sein Blick tastete sich über seine graue Oberfläche. Stimmte die Neigung etwa nicht? War eine Wölbung dort, wo sie nicht sein sollte? Ein gezielter Schlag mit seinem Hammer, mit genau der wohldosierten Kraft ausgeführt, die nötig war, um eine winzige Unebenheit zu zertrümmern, den Stein selbst aber völlig intakt und ungeschwächt zu belassen, machte Archie Trout zufrieden. Noch einmal prüfte er seine Form, schob ihn an seinen Platz, versuchte, ihn dort hin und her zu rücken. Verflucht! Der Stein saß noch immer nicht so fest, wie er sitzen sollte.

Archie Trouts Geist versank in den Tiefen des Bauuniversums. Er vergaß die Kollegen völlig und bemerkte so auch nicht, dass sie sich zurückzogen. Ja, er hörte darum auch nicht, dass sie ihm zuraunten, er möge ihnen folgen. Dafür spürte er plötzlich einen heißen Hauch im Nacken. In diesem Hauch lag der Tod.

Tom

In einer gänzlich aus der Mode gekommenen Stadt, in einer Nebenstraße, die diese Bezeichnung mehr als verdient, im Erdgeschoss eines bis auf seinen hohen, stabilen Zaun nicht sonderlich auffälligen Hauses war nur ein einziges Fenster schwach erleuchtet. Hinter diesem Fenster hockte Tom Kampe vor einem Schaltpult mit grünen Lampen, die die Stromversorgung der hochkomplizierten Apparaturen in der Etage über ihm anzeigten. Außer den grünen Lampen überwachte Tom eine handvoll Monitore, die mit rund um das unscheinbare Haus strategisch platzierten Kameras verbunden waren. In einer Ecke des Zimmers standen ein kleiner Fernseher, den er nicht benutzen durfte, und eine Kaffeemaschine, die er nicht benutzen wollte.

In regelmäßigen Abständen musste er einen Kontrollgang machen. Dazu würde er die Mütze aufsetzen, die Jacke mit dem Firmenemblem überziehen, das Funkgerät und den Elektroschocker an das Koppel und das Schlüsselbund daneben hängen. Er würde durch die Gänge des Gebäudes laufen, mit dem Schlüsselbund klimpern, eine leichte Melodie pfeifen, Türklinken drücken, Lichtschalter anknipsen, in erleuchtete Räume spähen, Lichtschalter wieder ausknipsen und so eine Atmosphäre verbreiten, die einem Eindringling unmissverständlich klarmachen sollte, dass es hier jemand bei aller Lässigkeit wirklich ernst meinte.

Eigentlich war Tom gar nicht sein richtiger Name, sondern Tomerdingen. Seinen Eltern hatte es gefallen, ihn so zu nennen, weil sie es einst nahe Ulm in einem kleinen Kaff dieses Namens in einer überteuerten Pension getrieben hatten und davon überzeugt waren, dass dieses Treiben den Jungen erschaffen hatte, einen Jungen mit einem nervösen Leiden, das sich im Zucken seines rechten Auges bei Anspannung äußerte.

Die Vorfahren von Tomerdingens Mutter waren britischer Abstammung, und tatsächlich ließ sich die Blutlinie bis zu Archie Trout zurückverfolgen.

In Amerika wäre sein Name sicherlich keine große Sache gewesen, denn da hießen die Leute Denver, Chicago, Alabama oder Cincinnati, wahrscheinlich aus demselben Grund, den Toms Eltern für hinreichend gehalten hatten. Dort, wo der kleine Tomerdingen allerdings aufgewachsen war, bedeutete ein solcher Name, dass man das Pausenbrot für seine Ruhe hingeben und beim Birnenklau Schmiere stehen musste. Glücklicherweise ließ sich die weit angenehmere Abkürzung Tom daraus machen. Doch die war in der Grundschule ganz schnell in den Hintergrund getreten, als ein sogenannter bester Freund den eigentlichen Namen herausposaunt hatte. Erst mit seinem Wechsel auf die höhere Schule bot sich Tom die Gelegenheit zu seiner Umbenennung. Dafür dankte er dem Himmel und auch dafür, dass seine Mutter nicht in Wattenscheid ihre fruchtbaren Tage gehabt hatte.

Tom Kampe wendete seinen Blick von besagter Nebenstraße ab. Keine Vorkommnisse. Wie immer. Allenfalls jetzt ein wenig Nieselregen. Kaum zu sehen waren die feinen Tropfen, wie sie die Straßenlaterne umpuderten. Er warf einen Blick auf die Wanduhr. 1:05 Uhr. Der erste Kontrollgang in seiner Nachtschicht stand an.

Tom Kampe schnallte seine Ledertasche auf und vergewisserte sich ihres Inhaltes. Eine Dose mit Butterbroten, die Thermoskanne mit Tee, ein Apfel, eine Broschüre seiner

Firma und ein halbes Dutzend Hochglanzheftchen. Er zog den Stapel Heftchen heraus, klemmte ihn sich unter den Arm, ließ seinen Blick noch einmal über die Kontrollinstrumente schweifen und machte sich dann auf den Weg ins Obergeschoss.

42 n. Tom

Inzwischen nur noch gute zweiundfünfzig Millionen Kilometer entfernt vom Berg gab es jemanden, den die Ungenauigkeit in seiner Bahn brennend interessiert hätte. Genau genommen waren es sogar über sieben Milliarden, die sicher alles gegeben hätten, wenn sie um die Ungenauigkeit gewusst hätten. Aber tatsächlich waren sie ahnungslos, und vom Vorhaben des Universums hatte nur Rhaankg als einziger Mensch zu einer ganz anderen Zeit erfahren.

Dr. Harald Radek, trotz seines Alters von gerade achtundzwanzig Jahren bereits angehender Astronomieprofessor, hätte sich mit der Entdeckung der Konsequenzen der Ungenauigkeit gleich ein ganzes Institut unter den Nagel reißen können, und den Nobelpreis hätte man ihm wie eine Milchflasche einfach vor die Tür gestellt. Denn das, was er entdeckt hätte, wäre im Gegensatz zu manch anderen Entdeckungen, für die man diesen Preis vergeben hatte, ganz sicher nicht ohne Einfluss auf die Geschicke der Menschheit gewesen. Und das ist schließlich der Grund, weswegen man einen Nobelpreis bekommen sollte.

Dr. Harald Radek war sogar nachweislich der Einzige, der gerade zu dem Zeitpunkt, als die Folgen der Unregelmäßigkeit beobachtbar gewesen waren, den entscheidenden Himmelquadranten inspizierte. Auch er verstand die seltsame Kommunikation des Universums nicht, weil er nicht richtig hinhörte. Ganz sicher war er einer der Milliarden, die der irren Annahme verfallen waren, sie seien etwas Besseres oder zumindest Anderes als der Rest der Materie.

Gerade löffelte er einen fettfreien Joghurt, den seiner Meinung nach nur Wesen seiner Art herstellen konnten, dachte über seine kleine Wohnung nach und auch darüber, wann er eine neue beziehen könnte. Rein terminlich natürlich, denn mit dem Geld, das er als Professor verdienen würde, könnte er sich eine erheblich größere leisten, und dann würde das Drängen seiner Freundin endlich aufhören.

Er würde sie sogar heiraten, und dann würden auch die Fragen seiner Eltern verschwinden. Ein Lächeln umspielte seinen Mund. Ja, es würde alles ganz toll werden. Dann bekleckerte er seinen Pulli. In seinem Rücken raschelte es.

„Hast du irgendwo die Listen mit den aktuellen Erdrotationsdaten gesehen?"

Das war Martin Kubinski, ein wenig hoffnungsvoller Nachwuchsastronom. Er war etwas schluderig und würde zwar bald seinen Doktor machen, aber noch lange nicht zum Professor berufen werden. Damit würde er auch keine größere Wohnung und keine zufriedenere Frau haben können. Martin Kubinski hatte noch nicht einmal eine Freundin.

„Die sind doch schon lange abgelegt. Ordner FT2.3", murmelte Harald Radek und kratzte den Joghurt mit dem Löffel aus den Fasern des Stoffes gerade in dem Moment, als das einzig Wichtige zu beobachten war.

„Hätte ich auch drauf kommen können", sagte Martin Kubinski. Sehr richtig, dachte Harald Radek.

„Soll ich dir was aus der Kantine mitbringen?", fragte Kubinski.

„Tee mit Zucker bitte."

Mehr passierte in jener Nacht in der Forschungsstation nicht. Zumindest nichts, was die kleine Ungenauigkeit und ihre Konsequenzen anging. Denn obwohl Dr. Harald Radek alle Observationsinstrumente auf genau jene Stelle gerichtet hatte, an der die Ungenauigkeit ihre Früchte zeigte, so hätte er sie nur zufällig bemerken können, selbst wenn er nicht so nervös angesichts seiner Zukunft gewesen wäre und sich darum nicht bekleckert hätte. Denn zum einen war es da draußen pechschwarz, zum zweiten reflektierte der Berg nur sehr wenig Licht. Drittens lugte er nur ganz kurz hinter dem Mond hervor, den Radek eigentlich observierte, und lag darum außerhalb des Blickwinkels aller anderen Teleskope und Satelliten, die der Menschheit zur Verfügung standen. Und viertens wurde der Blick auf den Berg noch durch mehr behindert, weil auch Mars, Venus, Merkur, allerhand Satelliten und, nicht zu vergessen, jede Menge Zivilisationsmüll da draußen herumtrieben. Außerdem konnte fünftens die Sonne nicht ungünstiger stehen.

Das Archiv lag in unmittelbarer Nähe zur großen Halle und war beinahe genauso ehrwürdig wie diese. Das gesamte Wissen ihrer Gesellschaft war hier gespeichert in abertausenden Dateien eines sehr alten Rechnersystems.

Kanzler Pembantu hatte sich in das Archiv zurückgezogen, weil er nicht in seinem Thronsessel sitzen wollte, während hinter ihm ein riesiger Käfig errichtet wurde. Außerdem hoffte er, etwas über die ursprüngliche Konzeption des Kanzleramtes zu finden, das bisher übersehen worden war. Trotz aller Risiken hing er an seinem Amt und war darum nicht bereit, es kampflos aufzugeben. Grondils Entdeckung hatte ihm den nötigen Wind unter die Flügel gegeben. Wenn ein ganzer Schöpfer auftauchen konnte, dann war vielleicht noch mehr geeignet, seine allumfassende Verantwortung zu schmälern. Am Ende brauchte der Kanzler aus rein historischen Gründen gar nicht so zu enden, wie es bisher der Fall war. Ein einziger Satz, ein einziger Halbsatz könnte die Sache entscheiden. Wenn es solch einen Halbsatz gab, dann würde er ihn finden. Keine leichte Aufgabe, denn die hinterlegten Dateien waren gespickt mit Fußnoten und Verweisen nebst Unterverweisen, die allesamt von Grondil und seiner sogenannten Forschergruppe sowie deren Vorgängern stammten.

Was haben ich für ein Glück gehabt, dachte Kanzler Pembantu, während er sich durch die Anfänge ihrer Geschichte navigierte. Um ein Haar wäre er noch heute den Opfertod gestorben. Als Kanzler stand Pembantu in einer langen Abfolge von Kanzlern, die es noch schwerer gehabt hatten. Die hatten sich nämlich nicht nur für die Umweltbedingungen, sondern auch für die Fehler des Lernprogrammes verantworten müssen. Wenn ihre Gesellschaft zu Schaden kam, musste der Kanzler dran glauben. Pembantu war unsicher, wann und in welchem Zusammenhang diese Regel aufgestellt worden war. Obwohl ihm im Moment das Hemd näher als die Jacke war, leuchtete ihm ihre Zweckmäßigkeit aber ein. Schließlich war auch er nicht immer Kanzler gewesen und empfand es als sehr beruhigend für eine Gesellschaft, einen zu haben, der die volle Verantwortung für jedes Missgeschick auf sich nehmen wird. Die bei einer Verfehlung angedrohte Strafe zwang die Kanzler, sich den Gefahren für die Gesellschaft zu stellen und Lösungen zu finden. In ihren Anfängen hatte es viele Gefahren gegeben.

Für Menschen, die ihr Leben lang auf einer Raumstation verbracht hatten, war die neue Welt ein Albtraum. Niemand hatte sie davor gewarnt, geschweige denn angemessen darauf vorbereitet. Es begann beim Wetter, das scheinbar unvorhersehbar wechselte, und endete bei kleinen Tieren mit messerscharfen Zähnen, die sich über ihre Vorräte hermachten. Diese ungemein schnellen und listigen Tiere trieben rudelweise Kanzler in den Opfertod, bis Kanzler Rentos die Entwicklung von Fallen veranlasste und zur Jagd rief. Alsbald erkundeten kleine Trupps die Umgebung, bis sie sich sogar mehrere Stunden zu Fuß vom Landeort entfernten. Das muss eine aufregende Zeit gewesen sein, dachte Kanzler Pembantu.

Glücklicherweise lernten sie, Fische zu fangen. Die waren außer den Pflanzen und eben diesen kleinen Nagetieren mit den messerscharfen Zähnen fast die einzigen Lebewesen, die zu jagen es lohnte. Viele Generationen später waren etliche Kanzler verschlissen, aber sie lernten, Felder erfolgreich zu bestellen. Die Anweisungen aus dem Lernprogramm, den Boden immer zuerst einen Klafter tief umzugraben, dann Anbetungsstätten für Urmutter Bee zu errichtet, dann die Wasserzeremonie und schließlich die Feuerzeremonie durchzuführen, verplemperten viel Zeit. Das wenige, was dann gewachsen war, wurde geerntet und zur Hälfte Urmutter Bee geopfert. So stand es in den Anweisungen des zweiten Kanzlers Manfred geschrieben. Der dritte Kanzler brauchte nur lesen zu können, was er glücklicherweise konnte. Alle weiteren Kanzler hatten die Hütten gebaut, wie es geschrieben stand, mit Wannendach und einem Wassereinlauf, des weiteren mit einem Altar für Urmutter Bee und einem Holzklotz für die Kastration aller Männer, die nicht nach hartem Kampf Kanzler geworden waren. Sie hatten auf die Zeitenwende geachtet, hatten immer, wenn das helle Licht verschwunden war, die Rußlampen angezündet und Lieder gesungen, damit es wieder auftauchte. Die Kanzler hatten sich, während die Rußlampen brannten und die Lieder gesungen wurden, die jungen Frauen zuführen lassen, wie es Brauch war und geschrieben stand, und sie so zu Müttern gemacht.

Alle Kanzler schwängerten pro Zyklus mehrere Dutzend Frauen. Der dritte Kanzler sollte sogar zweiundachtzig geschwängert haben. Die Sterberate hielt sich bald mit der Geburtenrate mehr oder weniger die Waage, so dass sich die Größe ihrer Gesellschaft über die Jahrzehnte bei etwa fünftausend eingependelt hatte. Fünftausend sind noch gut zu überblicken, und so waren mögliche Konkurrenten schnell ausgemacht. Mehr Menschen benötigten auch mehr Platz, würden sich am Ende weit verteilen und verschwänden so aus dem Einflussbereich des Kanzlers. Der dritte Kanzler hatte es verstanden, die Gefahren, die in den wilden, unerschlossenen Gegenden jenseits ihrer Siedlung auf sie lauern sollten, so plastisch darzustellen, dass nach den Aufzeichnungen von allen akzeptiert worden war, die Größe der Bevölkerung bei fünftausend zu belassen.

Bis vor knapp zweihundert Jahren wurden noch viele Kanzler wegen Kleinigkeiten geopfert. Kalmikus, der Begründer von Grondils Forschungsgruppe, bewies dann die These, dass alle Themen im Lernprogramm allein dadurch, dass sie angesprochen wurden, zumindest existent sind. Sein Fazit Es steht geschrieben, also ist es ging als erster Satz in das neue Lernprogramm ein. Ein Rad war zwar nicht, wie im alten Programm behauptet, ein durch seine eckige Form die Fortbewegung behinderndes Bauteil, aber es war zumindest etwas, das es einmal gegeben hatte. Ihre Aufgabe bestand in den vergangenen Jahrzehnten darin, die richtigen Schlüsse aus den Angaben des alten Programms zu ziehen. Ein wenig wurde ihre Aufgabe dadurch erleichtert, dass das Virus zwar den Text verändert hatte, die Abbildungen jedoch nicht. Die erste Folgerung war, dass das Rad rund ist und der Fortbewegung nützt, denn die Abbildung eines Rades strafte den Text Lügen. Wenn ein Begriff wie Elektrizität im alten Programm auftauchte, dann war sie zwar kein böser Geist, der die Sinne schwächt, aber sie musste allein durch ihre Erwähnung vorhanden sein. Recycling war nicht das Vergraben von allem, was man in die Finger bekam, sondern die Nutzung bereits vorhandener Materialien in derselben oder geänderter Form. Gene waren keine Kobolde, Angeln keine Himmelszeiger, aber beides musste existieren und eine andere Bedeutung haben. Vieles hatte sich so geändert. Sie hatten anstelle des Prooktent das Prozent eingeführt, weil sich so besser rechnen ließ. Durch ihr neues Wissen sparten sie viele Kanzler. Den Holzklotz und die mit ihm verbundene Zeremonie schafften sie schon sehr viel früher ab, denn die Auswahl an möglichen Folgekanzlern war zu stark eingeschränkt worden. Aber sie führten eine drakonische Strafe für all die Männer ein, die das Fortpflanzungsprivileg des Kanzlers verletzten: Das Unterpflügen. Ein der rechtswidrigen Fortpflanzung Beschuldigter wurde in ein klaftertiefes Loch gestellt. Dann wurde erst zehn, später acht Mal der Pflug mittels Flaschenzug über dieses Loch gezogen, damit nichts mehr an den Verurteilten erinnerte. Einige Male hatte die Prozedur durchgeführt werden müssen, aber schließlich war sie nicht mehr nötig gewesen. Das Kanzlerprivileg bei der Nachwuchserzeugung hatten sie aber beibehalten, weil es ihnen nicht geschadet hatte. Die Kanzlerpflicht, die Verantwortung für das Wohlergehen der Gesellschaft bei seinem Leben zu übernehmen, behielten sie ebenfalls bei. Inzwischen wurde der Kanzler nur bei ausbleibenden Ernten oder lang andauernden Unwettern zur Rechenschaft gezogen.

Das Ritual zur Opferung eines Kanzlers orientierte sich lose an Umständen, die zum Tod des ersten Kanzlers Heinrich geführt hatten. Im Zentrum des Rituals stand zunächst ein biegsamer Baum. Der zu opfernde Kanzler erhielt am Abend vor seiner Opferung eine angemessene Mahlzeit. Am frühen Morgen dann wurde der Baum zur Erde herabgebogen und mit einem Seil in dieser Position fixiert. Der Kanzler setzte sich in seine Krone. Später wurde der Baum gegen ein Katapult ausgetauscht. In der Baumkrone, später am Ende des Schleuderarmes sitzend, betonte der Kanzler die Freiwilligkeit seiner Opferung. Anschließend begannen feierliche Gesänge, die bald ihren Höhepunkt erreichten. In dem Moment zerschnitt die Überwacherin des Ritus das Halteseil oder löste die Arretierung des Schleuderarmes.

Der Kanzler wurde mit Macht in den Himmel über den Wäldern geschleudert, was ihm entweder sofort, oder aber bei seiner Landung das Genick brach. Im Umkreis von etwa fünfhundert Schritten von der Siedlung lagen die Reste vieler Kanzler im Wald.

Kanzler Pembantu musste sich also etwas einfallen lassen, damit nicht einer der über dreißigjährigen Männer – jüngere Männer durften ohnehin nicht Kanzler werden – ihn in absehbarer Zeit von seinem Platz verdrängte. Grondils Entdeckung kam ihm daher sehr gelegen. Nachdem sie jetzt auch noch diesen verwegenen Plan entwickelt hatten, wäre er der Kanzler, während dessen Regierungszeit der Schöpfer gefunden wurde.

Pembantu dachte an den großen Käfig, den die Wissenschaftler im Saal aufbauten. Dort würde der Schöpfer erscheinen. Das Volk, zumindest der wichtigste Teil davon, würde auf den Stühlen Platz nehmen, kühle Getränke würden gereicht und ein paar leckere Häppchen, die Musik wäre so atemberaubend, dass dem Schöpfer allein das die Sprache verschlagen würde. Und das war wichtig, denn Pembantu beabsichtigte den Schöpfer von Anfang an zu beeindrucken. Nichts beeindruckt mehr, als eine verblüffende Situation. Darum auch der Käfig.

Über die Verblüffung hinaus war der Käfig aus zwei weiteren Gründen nötig. Der erste lag in der Unberechenbarkeit seiner Leute, der andere war der Schöpfer selbst. Niemand konnte sich sicher darüber sein, wie sich ein solches Wesen verhalten würde. Niemand konnte wissen, ob es ruhig auf einer Stelle stehen bleiben würde. Vor allem nach einer Zeitreise.

Kanzler Pembantu würde eine lange Lobrede halten, dann ein paar andere wichtige Leute wie Rhaankg, dann wieder

Kanzler Pembantu. Er würde selbstverständlich seine Rolle in dieser historischen Begegnung herauskehren. Dann folgte ein Spiel der Tanzgruppe, und dann würde kräftig gefeiert werden. Eine sehr befriedigende Sache das Ganze, so dachte sich Kanzler Pembantu. So würde er zwar nicht auf unbestimmte Zeit Kanzler bleiben, aber zumindest könnte er seine Amtszeit deutlich verlängern. Als unmittelbar Verantwortlicher könnte er aus dieser Situation den größten Nutzen ziehen. Ein strahlender Platz im Buch der Geschichte war ihm sowieso sicher.

Ganz zum Schluss würde dem Schöpfer die Gelegenheit geben werden, sich zu äußern. Darauf würden alle sehr gespannt sein. Spannung war auch gut. Ein Mensch aus grauer Vorzeit würde zu ihnen sprechen. Noch nie hatten sie jemanden aus der Vergangenheit geholt. Schön, sie hatten auch nicht gewusst, dass das Hoheitszeichen eine Zeitmaschine war. Hätten sie es gewusst, so hätten sie auch dann niemanden aus der Vergangenheit geholt oder der Zukunft, und sei es nur so aus Interesse, ob es überhaupt möglich war. Wäre der Fremde nicht gewesen, könnten sie jetzt nichts über ihre Geschichte erfahren.

Kanzler Pembantu beendete seine Recherche. Er hatte nichts gefunden, was seine Position weiter stärken würde. Es blieb also bei den bereits geplanten Maßnahmen.

Ein muskulöser Mann, etwa so groß wie der Kanzler selbst, betrat das Archiv.

„Was gibt es, Makut?", knurrte der Kanzler.

„Entschuldige, dass ich störe, aber die aus der Südsiedlung wollen den Promenadenteppich jetzt doch lieber grün haben."

„Das hört sich ja lutzinisch an!"

Die Lutziner sollen einst im Himmel mit ihnen gemeinsam gewohnt haben, hatten es aber vorgezogen, dort zu bleiben. Wer sie gewesen waren, was sie beschäftigt hatte, ob und was sie mit ihnen zu tun hatten, war über die Jahrzehnte verloren gegangen, hatte sich aber trotzdem als negativ manifestiert wie alles, was sie nicht kannten. So galt auch besonderer Trotz als lutzinisch.

„Sie sitzen schon den ganzen Tag und beratschlagen", meinte Makut.

„Die sollten sich lieber um die Vorbereitungen kümmern, die wirklich wichtig sind. Die Zeit, bis der Schöpfer auftaucht, ist schneller vergangen, als sie denken."

Makut blickte sich vorsichtig um.

„Er ist also noch nicht da, richtig?"

„Nein", knurrte Kanzler Pembantu.

Makut machte sich etwas Hoffnung, der nächste Kanzler zu werden. Von Zeit zu Zeit plauderte er seine Hoffnung aus, weil er dachte, das würde seinem Ansinnen Vorteil verschaffen.

„Glaubst du, er ist wie wir?", fragte er jetzt.

„Da wir seine Nachfahren sind, werden wir etwas von ihm haben. Er ist also nicht wie wir, sondern wir sind so wie er."

„Das ist alles ziemlich schwer zu verstehen. Aber wenn die Wissenschaftler ...", begann Makut.

„Ja, die Wissenschaftler haben das bewiesen. Warum machen wir wohl den ganzen Zirkus hier?", donnerte der Kanzler.

„Ein paar sind auch schon ganz schön aufgeregt", stotterte Makut. „Dass ein Fremder ..."

„Der Schöpfer! Und der ist nicht fremd, sondern einer von uns! Mehr noch: Er ist der erste von uns!", donnerte der Kanzler noch lauter.

„Beruhige dich doch", hauchte Makut. „Ich kümmere mich um die Südsiedler."

Er schloss die Tür hinter sich.

Weil sich Archie Trouts Kollegen wohlweislich zurückgezogen hatten, und einige hatten es sogar übertrieben und waren bis ans andere Ende des Dorfes gerannt, um dort auf einen Baum zu klettern, ist es kaum möglich, den genauen Hergang aufzudecken.

Nachdem die grässlichen Schreie von der Wiese verstummt waren, warteten die Dorfbewohner noch eine Weile ab. Dann gingen sie ins Wirtshaus, dort betranken sich die meisten, und dann machten sie sich auf den Rückweg zur Wiese und zur Mauer. Dort erwartete sie Schreckliches!

Archie Trout war tot. Soviel stand fest. Zumindest war sicher, dass es sich alles in allem um einen Toten handelte, der da über die Wiese verteilt war. An Archie Trout erinnerte allenfalls seine Jacke oder besser, das Innere seiner Jackentasche. Man fand darin sein Taschentuch oder besser, man fand einen mit Knoten versehenen Lappen. Oder noch besser: Man fand einen Knoten, bestehend aus Knoten. Archie Trout pflegte damit seiner Vergesslichkeit vorzubeugen. Dieser Knoten aus Knoten war im ganzen Dorf berühmt. Er hatte Archie Trout seine Ausbildung mit Auszeichnung abschließen lassen.

Während die Dorfbewohner alles in Augenschein nahmen und aufsammelten, was sie fanden, standen die Rinder in einiger Entfernung. Der Kopf des Bullen war rot von Blut.

Die Wanderschaft des Berges hatte zögerlich begonnen, inzwischen war er aber schon bedeutend schneller geworden. Er war jetzt auch völlig allein. Der Berg ertrug sein Alleinsein, denn wer Milliarden Jahre in einem Heer anderer Berge und Brocken, von denen er nur ein paar mochte, getrieben ist, dem kommt ein bisschen Einsamkeit gerade recht.

Im Moment überlegte er, ob er sich nicht einen Namen zulegen sollte. Denn wenn es tatsächlich zu einer Vereinigung kam, dann könnte er sich gebührend vorstellen:

„Hallo, ich bin einer von da draußen", klang nicht gut, allenfalls geheimnisvoll.

„Ich bin der neue Berg", war kaum besser, lediglich ein Anfang. Selbst wenn er es mit freudigem Schwung vortrug, würde er vielleicht nur auf Unverständnis stoßen. Also musste ein Name her, und der sollte mit einem *B* beginnen. So würde sich sein Bergcharakter auch im Name widerspiegeln. Ein *B*, und was dann? Noch ein *B*? Wie einfallslos. Wie waren denn andere auf ihre Namen gekommen? Moment! Welcher dieser Berge und Brocken da draußen hatte überhaupt einen? Aber die trieben ja auch nicht so wie er dem Licht entgegen. Sie hatten also keinerlei Veranlassung, sich mit einem Namen zu schmücken. Er selbst hatte bisher ja auch keinen verwendet. Vielleicht gab ihm seine Umgebung einen Hinweis auf seine Benennung.

Da war Mars in einigen zehnmillionen Kilometern Entfernung. *B* wusste, dass dieser Planet so genannt wurde. Er wusste auch um die Namen der übrigen Planeten, weil es erst vor ein paar hundert Jahren ein wenig Aufregung um ihre Benennung gegeben hatte. Die Benennung war von der Erde aus erfolgt und ohne Rücksprache mit dem Kontinuum vorgenommen worden. Nun, Mars würde er in einer weiten Kurve passieren und sich darum nicht mit ihm vereinigen. Er selbst konnte nichts dagegen tun, denn eine Flugbahn oder besser einen Abfangkurs – denn Berge wie er flogen niemals auf etwas zu, sondern allenfalls durch die Bahnen anderer Flieger hindurch – zu bestimmen, bedarf mehr Fähigkeiten, als sich einen Namen auszudenken.

„Der Berg, der sich nicht mit Mars vereinigte", dachte er probehalber. Viel zu lang. Da würde dem Vereinigungspartner ja allerhand Rotationszeit verloren gehen. Aber ein *M* könnte dennoch im Namen enthalten sein. Es würde einen Teil seiner Lebensgeschichte widerspiegeln.

BM wurde etwas aufgeregt. Vielleicht sollte er auch seine Achse erwähnen, die auf so rätselhafte Weise ihre Lage geändert hatte. Oder den Beinahezusammenstoß von damals. Das würde mich ungemein transparent machen, dachte er. Andererseits würde der Beinahezusammenstoß ein seltsames Licht auf ihn werfen. Er konnte sich die Kommentare vorstellen:

„Sieh an ... Beinahezusammenstoß also ... und er erzählt das auch noch ..."

Oder sollte er eine Zahl anfügen? Nein. Wenn er sich *BM1* nannte, dann könnte jemand denken, es gäbe noch weitere *BM*. Wenn man es auf eine Vereinigung anlegt, dann sollte man einzigartig sein.

Neben Mars würde er vielleicht noch die Erde, dann Venus und dann Merkur passieren. Spätestens hier sollte die Vereinigung vollzogen sein, denn sonst bliebe ihm nur noch, in den Stern, die Sonne, zu stürzen. Der Sonne brauchte er sich auch nicht vorzustellen. Da würde er sogar einen bis dahin gefundenen Namen wieder ablegen. Man kann nie wissen, was so ein Stern wie die Sonne sonst mit einem macht!

Es kämen also noch *E*, *V* und noch ein *M* dazu. Sehr schwierig. Es klang auch nicht gut, alles in allem. *BMEMV* oder *VEMMB* oder *MEMBV* ...

Bisher hatte er gehofft, bis Merkur durchzukommen. Aber allein der Namensgebung wegen hoffte er jetzt auf eine frühere Vereinigung. Würde er bis zur Erde gelangen, dann könnte er sich BEM nennen.

Bis zur Erde komme ich mindestens, dachte er, und BEM klingt doch ganz anständig, oder? Würde er sich dort vereinigen, dann wäre er als Namensgeber in guter Gesellschaft. Zuversichtlich machte er sich an die nächsten paar Millionen Kilometer.

Else Rot war stinksauer. Das Pedal des Potentiometers hatte darunter zu leiden, und so schoss der kleine Elektrowagen durch die Gebäudeschlucht.

Wo stand, dass man sich als Fernsehmoderatorin für so etwas hergeben musste? Sicher, man musste sich für allerhand hergeben, aber dann doch aus halbwegs freien Stücken! Wenn es etwa um das Ergattern eines Sendeplatzes ging, dann musste man sogar alles hergeben. Dazu war Else Rot bereit. Genau dafür hatte sie ihren Körper hergerichtet. Man musste noch nicht einmal genau hinschauen. Darauf kam es an. Ein Mann, speziell ein Intendant, sollte augenblicklich den Verstand verlieren und sie genau an die Stelle setzen, die sie ins Auge gefasst hatte. An seine Seite nämlich!

Manche hielten sie für nuttig, andere wussten, sie war clever. Schulabschluss mit Einskommadrei, Studium mit Auszeichnung. Diese Mischung war schieres Gift für Intendanten. Was zum Herzeigen, was zum Vögeln, aber auch was, auf das man sich verlassen konnte. In begrenztem Rahmen selbstverständlich. Der Rahmen war gesprengt, wenn ein anderer Intendant ins Büro einzog. Die Loyalität beschränkte sich auf die Arbeit. Die musste gemacht werden, und die würde die Fleischerfrau von der Ecke nicht tun können. Die konnte nicht verführen wie sie. Die konnte keinen Intendanten um den Finger wickeln, die konnte kein Millionenpublikum zum Einschalten bewegen. Einmal vielleicht, wenn sie dabei ihre Schätzchen zeigte. Aber Tag für Tag?

Das war die Messlatte, die Else Rot ins Auge gefasst hatte. Und um die zu überspringen, war jedes Mittel recht. Ein

Klischee, dachte Else Rot. Scheiß drauf! Sie wollte sich nicht umsonst in die entscheidenden Stellen hochgebumst haben, was inzwischen überall verboten war, um nicht unkontrolliert Babys zu machen. Nur ausgesuchten Fortpflanzern war es einst erlaubt gewesen zu kopulieren. Heute vollzog sich der zur Fortpflanzung nötige Akt in einer Kunststoffschale.

Diesmal hätte sie es fast geschafft. Brökel hatte ihr zuerst einen flüchtigen Blick gegönnt. Er war ein alter Hase in Sachen aufreizende Moderatorinnen. Dann war er auf ihren Hintern abgefahren, dann auf den Rest, und zum Schluss hatte er sogar geglaubt, ihren Verstand zu schätzen. Die Sau! Das alles in einem entlegenen Club mit finanzstarken anderen Gesetzesbrechern drum herum. Er war so einer. Seine Frau war auch so eine, und erst, nachdem Else es mit ihr unter seinen Augen und unter seinem hoch aufgerichteten Harten auf einem Flokati getrieben hatte, war er zu Zugeständnissen bereit gewesen. Eine Show nur mit ihr hatte er in Aussicht gestellt. Dann brauchte sie nicht mehr über die Missstände in der Welt zu berichten, die von Tag zu Tag sowieso weniger wurden, seit die größte Schattenbank BLUE BLOCK vor etwa fünfzehn Jahren aus dem Schatten herausgetreten war und ihre Multibilliardendollar-Geschäfte in aller Öffentlichkeit abwickelte.

BLUE BLOCK gehörte inzwischen fast alles oder hatte seine Finger drin. Die Häuserschlucht, durch die Else Roth gerade fuhr, der Sender, für den sie arbeitete, aber auch alle Elektrizitätswerke, Wasserwerke und Bahnhöfe. BLUE BLOCK legte durch seine Spekulationen in allen Bereichen der Wirtschaft fest, was sich entwickeln durfte und was nicht. Im Grunde ähnelt das doch sehr planwirtschaftlichen Verhältnissen, dachte Else Roth. BLUE BLOCK hatte entschieden, dass die sogenannte erste Welt nur noch Fleisch aß, weshalb die sogenannte zweite Welt nur noch Futtermittel anzubauen hatte. Die Menschen dort standen vor dem Verhungern, aber sie bekamen Drogen. Die sogenannte dritte Welt war schon längst ausgerottet mit Waffen, die BLUE BLOCK erst indirekt, später dann direkt finanzierte.

Das alles war allgemein bekannt und akzeptiert. Was ihr als Moderatorin blieb, war das Showgeschäft. Fleisch und Spiele. Am besten in einem aufregenden Mix. Else Rot hatte ihre Show vor Augen mit allem, was dazu gehört. Alles. Alles! Und dann das.

„Angesichts der Lage freuen wir uns, dass Sie zur Gruppe der Auserwählten gehören."

So hatte er ihr das soeben berichtet. Brökel! Sie sollte auf diese Scheißmission geschickt werden. Zur Rettung der Menschheit. So ein Schwachsinn! Ob es da nicht andere gäbe, die viel besser dazu geeignet seien. Aber Brökel hatte nur gegrinst und sich dabei verstohlen seinen Peigel gerieben.

Der Elektrowagen verließ den Tunnel, und ihre selbsttönenden Linsenimplantate von einem BLUE BLOCK Unternehmen machten ihr die Sonne erträglich.

Sie solle froh sein, denn bald wäre sie eine der Mütter der neuen Welt. Falls alles andere schief laufen sollte.

So eine Bullenscheiße! Das Letzte, was sie sein wollte, war Mutter!

Sie müsse sich noch nicht einmal um die Bälger kümmern, denn dafür würde gesorgt. Zunächst durch mehrere holografische Gouvernanten. Später dann, wenn sie bis drei zählen konnten, würde sich zusätzlich ein Lernprogramm der Früchtchen annehmen. Sie müsse nur Hand anlegen.

Else Rot war die Existenz einer Neuen in den Sinn gekommen. Der Sack wollte sie loswerden! Wahrscheinlich hatte sie es übertrieben. Vielleicht hätte sie die Sache mit dem großen Zeh nicht mit seiner Frau machen sollen. Oder er wollte einfach nur Abwechslung wie alle Männer. Und gerade Intendanten neigten zu einem hohen Durchsatz in diesen Dingen. Vor allem Brökel, das Dreckschwein!

Sie erreichte ihren Wohnkomplex. Das kleine, schnelle Vehikel parkte sie in der Tiefgarage, dann ließ sie sich vom Fahrstuhl in die zweiundvierzigste Etage transportieren.

Am Ende war ihr keine Wahl gelassen worden. Die globalen Interessen, die Interessen der Menschheit standen gegen die ihren. Die Wissenschaftler konnten den Asteroiden inzwischen klar erkennen. Sie hatten seinen Weg berechnet und Grausiges prophezeit. Diese Vorhersage war weit verlässlicher als die aller Untergangpropheten zusammen. Und wenn das so war, dann konnte man nur auf dieser Station von BLUE BLOCK überleben. Eigentlich war es sogar eine Ehre, dort oben zu hocken und mit anzusehen, wie die Menschheit und ein ganzer Haufen anderen Getiers auf der Erde verreckten.

Trotzdem war das – verflucht noch eins – nicht ihre Aufgabe! Was war mit ihren Gefühlen? Ihren Trieben? Daran dachte nur sie selbst. An wen sollte sie sich ranschmeißen? Für wen ihren Schoß öffnen, um eine bessere Position zu ergattern? Kinder kriegten die anderen, die Gebärerinnen, denen man die befruchteten Eier einpflanzte und die nur für diese kleinen Wesen lebten. Früher hatte man sich alles vom Munde abgespart, damit die Kinder es einmal besser haben sollten. Das hatte in der Vergangenheit jede Generation für die folgende gehofft. Verflucht! Wie viel besser sollte es denen denn noch gehen?

Die Haustür erkannte sie und öffnete sich.

Nächste Woche würde sie ins Trainingslager gehen, um sie auf die Situation vorzubereiten. Ein Witz! Wie soll man jemanden auf ein Leben im All vorbereiten? Ohne Hoffnung auf Rückkehr? Ohne einen Chef?! Denn da oben würde es nur Gleichberechtigung geben und natürlich diese verhasste Aufgabe. Sie würden in das Procedere der Selbstbefruchtung eingeweiht, so hatte Brökel gegrinst.

Nach Brökels Bekanntgabe hatte sie keine Mitteilungen mehr auf ihrem Vernetzungsgerät – hergestellt von einem BLUE BLOCK Unternehmen – empfangen. Noch ein Schlag ins Gemüt. Vielleicht wusste man schon von ihrer Mission, und niemand ahnte, dass si e ein wenig Trost vertragen könnte. Früher hatte es persönliche Eltern gegeben, denen man solche Sachen hatte erzählen können. Heute dagegen gab es die Horte, in denen man nicht von Blutsverwandten erzogen wurde. Dort waren alle Geschwister, aber eben nicht so wie früher.

Sie würde heute Abend erst einmal essen gehen, zusammen mit einer ihrer Schwestern, die natürlich nicht abkommandiert war. Dann würde sie sich einen Jungen aufreißen, um ihn heimlich richtig durchlassen. Und sie würde alles mit ihm machen. Auch die Sache mit dem großen Zeh! Oder sie würde die Süße hinter dem Tresen nehmen. Sie war da nicht wählerisch. Da oben würde es nur Frauen geben. Für Spaß war also vielleicht doch gesorgt.

Tom

Während Rhaankg vom ganzen Chor des Kontinuums beschallt wurde, hatte Tom mit nur einer Stimme zu kämpfen.

In den Tiefen seiner männlichen Psyche war sie erwacht und in sein Bewusstsein gedrungen. Beständig hatte sie ihm zugeflüstert, dass er mit seinen neununddreißig Jahren seinem Leben wenn nicht einen Sinn, so doch zumindest eine Richtung geben solle. Er solle Kinder produzieren, hatte die Stimme schließlich geflüstert, und als hätte sie vergessen, das gesagt zu haben, hatte sie es wiederholt. Inzwischen beschränkte sie sich zwar nur noch auf den kurzen Befehl: „Kinder!", aber das dafür die ganze Nacht lang. Selbst wenn Tom tagsüber aufwachte und zur Toilette ging, hörte er die Stimme: „...nder! Kinder! Kinder! Ki..." wispern.

Kann ein Mann in meinem Alter nicht an etwas anderes denken als an Kinder, fragte sich Tom, während er die Treppe zum Obergeschoss erklomm. Nun, das kann er nur, wenn er etwas anderes erschafft. Ein Kunstwerk beispielsweise. Oder er strebt nach wissenschaftlicher Erkenntnis. Wer aber wie Tom keine Neigung oder gar Talent dafür in sich trägt, fühlt sich nutzlos, bekommt schließlich Angst, stellt sich Fragen. Trotz zahlreicher Affären hatte sich bisher keine Frau länger auf ihn einlassen wollen, oder er hatte sie selbst abserviert. Ihm war das immer recht gewesen.

Vor Jahren verlobte er sich zwar in einem versteckten Winkel Asiens mit allem Tamtam, er nahm die junge Frau sogar in seine Welt mit. Aber dort verblühte sie. Er schickte sie zurück in ihre Heimat. Er selbst tauchte unter und in einer fremden Stadt wieder auf. Schließlich nahm er die

Arbeit als Nachtwächter an. All diejenigen, die bisher seinen Weg begleitet hatten und jetzt etwas aus sich machten, erklärte er zu Spießern. Er fürchtete, für mittelmäßig zu gelten, wenn er ihrem Beispiel folgte. Tief in sich musste er sich aber eine Sehnsucht nach Veränderung eingestehen, und darum wurde er mit der wispernden Stimme nicht fertig. Nur darum war sie überhaupt da! Tom hatte manche Nacht gehockt und sich systematisch von ihr in eine Ecke treiben lassen, in der es von Kindern anderer Leute wimmelte. Eine verfluchte Ecke.

Als er wieder einmal in der mit Verzweiflung tapezierten Ecke voll fremder Kinder stand, war ihm die schreiende Broschüre des Institutes, für das er Nacht ein Nacht aus hier saß, in die Hände gefallen. Sie trug den verheißungsvollen Titel: „Kinder sind Leben! Wir tun etwas!"

Bisher hatte er sich über die Geschäfte des Institutes keine Gedanken gemacht, denn für seinen Job war das unnötig. Doch in diesem Fall lagen die Dinge anders. Diese Firma tat etwas, was für Tom Kampe inzwischen höchst interessant war. Diese Firma empfing Herren, die nach einer angemessenen Stimulationsphase den Grundstock für eine Vaterschaft legten. Diskret, anonym und sauber.

Natürlich wusste Tom, dass er für ein Reproduktionsinstitut arbeitete. Doch erst die Broschüre verschob Toms Gedanken. Er eilte nach seiner Schicht nicht mehr auf direktem Wege nach Hause, sondern harrte mit dem Kollegen der Tagesschicht eine halbe Stunde, später mehrere Stunden, schließlich so lange im Wärterzimmer aus und beobachtet, bis er in den Verdacht geriet, kein Zuhause mehr zu haben. Er staunte. An einem Tag waren es sogar siebenundvierzig Männer, die ein wenig von ihrer Zeugungssubstanz ablieferten und so für Nachkommen sorgten. Das

Tolle daran war, dass sich diese Männer nicht um die Folgen zu kümmern brauchten. Und sie bekamen auch noch Geld dafür. Solche Männer kannten ihre Nachkommen nicht, geschweige denn die Frauen, die sie ausgetragen hatten. Welch eine Vorstellung! Das Institut könnte die wispernde Stimme in ihm zum Schweigen bringen.

Tom hatte sich sofort als Spender beworben. Die Frau am Empfang hatte nur gelächelt und gesagt, dass die Kundinnen der Firma auf höherwertigem Material bestünden. Das Institut überprüfe die Kandidaten ausgiebig, damit nur erstklassiges Material zum Einsatz kam. Ein Wachmann sei noch nicht einmal einer Putzfrau unterzujubeln. Sie wolle nicht ausschließen, dass er rein organisch geeignet sei, aber seine soziale Einstufung stehe seinem Wunsch entgegen. Er könne es bei anderen Instituten versuchen, aber die folgten demselben Standard.

Das war ein harter Schlag für Tom Kampe gewesen. Er hatte zwar keinen sonderlich guten Job, war aber deswegen nicht dumm. Er hätte sogar studieren können, es aber aus Faulheit unterlassen. Früher war er sogar ins Kino oder Theater gegangen, hatte Reisen unternommen, konnte vier Sätze in wenigstens fünf Sprachen hersagen, hatte Bücher gelesen. Heute war er etwas abgeschlafft, das musste er zugeben. Er hatte sich in einer Bar einen Drink genehmigt, und wo er schon einmal dabei gewesen war, noch einen. Es waren eine Flasche Wein und drei Halbe Bier gefolgt, bis er nicht mehr wusste, wo denn diese verfluchte Ecke voller fremder Kinder überhaupt war.

Während er seine Enttäuschung fortgespült, während er einen Vorhang vor die verfluchte Ecke gezogen hatte, war in Tom Kampe etwas aus seinem sicheren Gewahrsam ausgebrochen und hatte sich heimtückisch in seinen Gehirnwindungen festgesetzt. Es hatte ihn lesen lassen. Er war nach der Arbeit nicht mehr im Bett verschwunden, sondern in der Bibliothek. Er hatte sich die hintersten Winkel des Institutes nicht mehr nur wie ein Wachmann angesehen. Jetzt hatte er die Labore inspiziert, er hatte Öffnungsmechanismen studiert, er hatte zu verstehen begonnen. Den Computer hatte er nicht mehr nur verwendet , um Solitär zu spielen, sondern er hatte Diskussionen mit Fachleuten vom anderen Ende der Welt im Computernetzwerk geführt. Nach der Arbeit, wenn die Ablösung nahte, hatte er die gesamte E-Mail-Konversation sorgfältig gelöscht, wissenschaftliche Manuskripte, Dokumentationen der Firma und Gebrauchsanleitungen diverser Geräte in seiner Ledertasche verstaut und sich zu Hause wieder voller Eifer darüber hergemacht.

Schließlich war es geschafft. Er wusste alles über den Vorgang. Leider würde er niemandem etwas davon erzählen dürfen. Besondere Menschen gehen besondere Wege. Tom war entschlossen, erste Schritte auf einem solch besonderen Weg zu machen. Das war jetzt drei Wochen her. Er öffnete die Toilettentür im Obergeschoss.

128 n. Tom

Im Moment brauchte Beate Kling nur auf die Urmütter zu warten. Die würden in ein paar Tagen eintreffen. Bis dahin wollte sie sich eingehend mit der Raumstation vertraut machen, denn die war riesig.

Mehrere Räume der Station hatte sie schon durchschritten. Sie trug einen weißen Overall und Schuhe, die automatisch bei jedem Schritt ihre Magnetkraft ein- und ausschalteten für den Fall, dass die künstliche Gravitation einmal ausfallen sollte. Beim Betreten eines jeden Raumes flammte automatisch das Licht auf, und wenn sie ihn wieder verließ, verlöschte es genauso automatisch. Sie hatte diesen Modus eingestellt, damit sie nicht zu viel Energie verbrauchte. Eigentlich war das nicht nötig, denn hier oben wurde alles mit Solarenergie betrieben. Die Sonne, so hatte man ihr versichert, würde noch einige Milliarden Jahre zur Verfügung stehen. Aber einerseits hasste Beate Kling Verschwendung in jeder Form, und andererseits war ihr schon so vieles versichert worden, was dann doch anders gekommen war.

So war ihr beispielsweise versichert worden, sie dürfe einen geblümten Kittel während ihrer Arbeit tragen. Als sie aber mit diesem aus der Erinnerung selbst gefertigten Utensil das Shuttle hatte betreten wollen, redete man ihr die Blümchen auf dem Kittel aus. Dann war auch die Grundfarbe nicht recht, dann der Kittel selbst. Sie hatte ihn gegen den Overall tauschen müssen. Eine Schürze, die sie alternativ vorgeschlagen hatte, wurde ihr auch nicht bewilligt, mit der Begründung, dass diejenigen, die ihr vorher den Kittel erlaubt hätten, gar keine Befugnis für solch eine Erlaubnis hatten. Die Erlaubnis zur Mitnahme ihrer kleinen, weißen Katze Enceladus, benannt nach dem winzigen, weißen Mond des Planeten Saturn, hätte ebenfalls nicht erteilt werden dürfen. Beate Kling musste das Tierchen einem Offizier übergeben.

Versuchsweise setzte sie das automatische Reinigungssystem in Gang. Das Reinigungssystem wirkte nicht nur in dieser Station, sondern gehörte seit kurzem auch in allen Gebäuden auf der Erde zum Standard. In jedem Raum war eine fein aufeinander abgestimmte Kombination aus Nano-Luftdüsen installiert, die alle Partikel bis zum Gewicht eines Käsewürfels von den nicht adhäsiven Oberflächen blies. Die Partikel vereinigten sich zu einem Wirbel, einem Mahlstrom des Unrats, in der Mitte des Raumes, und dieser Wirbel wanderte bis zur Extraktionsöffnung, in der er verschwand. Um sicherzustellen, dass auch wirklich alle Partikel erfasst worden waren, wiederholte sich der Vorgang dreimal mit wechselnder Strömungsrichtung des keimfreien Luftzuges aus den Düsen. Anschließend wurde der Eliminationsscanner aktiviert, ein erstaunliches Werkzeug mit der Wirkungsweise und Perfektion eines Tunnel-Raster-Mikroskops, das seinem Erfinder und dessen hochbegabten Kindern ein sorgloses Leben gestattete. Der Scanner tastete den Raum ab und emittierte gezielt Gammastrahlendosen auf die Stellen, an denen Mikroorganismen oder Bakterien den Wirbel überstanden haben könnten.

Alle Phasen der Reinigung wurden von einem zentralen Rechner in einem speziellen Raum gesteuert. Mehrere Monitore gestatteten einer geschulten Fachkraft, den Prozess zu überwachen, um notfalls eingreifen zu können, sollte der Zustand des Raumes eine Änderung der Reinigungsparameter nötig machen. Für die Bedienung des Terminals war eine mehrjährige Ausbildung in Informatik erforderlich. Diese Fachkraft musste auch in Elektrotechnik, Thermodynamik und Statistik Bescheid wissen, außerdem ein gewisses handwerkliches Geschick und Improvisationstalent mitbringen, sollten Reparaturen anfallen. Das alles war für Beate Kling inzwischen kalter Kaffee.

Die Geschichte des Reinigungswesens hatte sie von Kindesbeinen an brennend interessiert. Nie würde sie die alte Filmaufzeichnung vergessen, in der eine Frau in einem geblümten Kittel offenbar in den frühen Morgenstunden einen Eimer Wischwasser über den Treppenabsatz einer Haustür gegossen hatte. Ein Gefühl von Heimat, von Bodenständigkeit, von tief verankerter Ordnung hatte sich ihrer angesichts dieses Bildes gelassener Zielstrebigkeit bemächtigt. Mit feuerroten Ohren hatte sie während ihrer Ausbildung den Worten der Lehrer gelauscht. Besonders die Anekdoten aus längst vergangenen Tagen hatten sie gepackt. Damals hatte man noch Lappen aus den unterschiedlichsten Materialien, Wischwasserzusätze, Faserwedel und Staubsauger verwendet. Die Raumpflegerinnen mussten Handschuhe tragen, um aggressive Laugen und Antibiotika von der Haut abzuhalten. Beate Kling hatte Bilder von Frauen mit Mund- und Haarschutz gesehen. Sie schoben Metallgestelle, voll gepackt mit chemischen Substanzen und Plastikbeuteln, durch leere Korridore. In ihrer Ausbildung hatten sie nur der Vollständigkeit halber diese antiquierte Form der Gebäudereinigung ausprobiert und sich so die Mühen des Gewerbes in früheren Zeiten bewusst gemacht. Dazu hatten sie die damals üblichen Reinigungschemikalien selbst zusammengemischt, denn die waren in der Form längst nicht mehr zu bekommen. Es gab damals noch keine nichtadhäsiven

Oberflächen, oder sie waren zumindest selten im Gebrauch. Um Bakterien zu vernichten, wurden Labortische noch vollflächig mit UV-Licht bestrahlt. Am abenteuerlichsten musste es in Großküchen zugegangen sein. Wenn sich Beate Kling nur vorstellte, wie dort Töpfe, Pfannen, Teller und Besteck, der Boden, die Schränke und Herde Tag für Tag abgewischt worden waren. Teppiche in Wohnungen und Bürotürmen waren gesaugt, Fenster geputzt, Gardinen gewaschen worden.

Diese nostalgischen Exkurse in die Anfänge des Reinigungswesens hatten sie so begeistert, dass sie sich durch besonderen Eifer hervortat. Die Lehrer waren ganz verblüfft gewesen, wie sie das scheinbar so unnötige Wissen in sich aufgenommen hatte und in die Tat umzusetzen verstand. Ganz sicher waren ihre Fähigkeiten in prämoderner Reinigungstechnik der entscheidende Vorteil gegenüber allen anderen Bewerbern für den Job hier draußen gewesen. Denn für den Fall, dass in der Raumstation etwas schief gehen sollte, wäre immer noch jemand da, der zumindest grob würde durchwischen können. Für eben diesen Fall hatte sie darauf bestanden, eine ausgeklügelte Kombination ihrer Reinigungsmittel mit hierher nehmen zu dürfen.

Natürlich war es wichtig gewesen, dass sie in bester körperlicher Verfassung war. Der Flug zur Station war zwar nicht mit den Strapazen von früher zu vergleichen, aber dennoch nichts für Frauen über fünfunddreißig. Sie selbst war gerade vierundzwanzig, war groß und dazu kräftig gebaut, mit festen, stämmigen Beinen, festen, runden Brüsten, hatte das Herz eines Ochsen und die Lungen eines Geparden. Und das nicht, wie es heute modern war, auf Grund einer Tier-Mensch-Transplantation, sondern im übertragenen Sinne. Ihre Augen waren scharf, und in den Kiefern steckten

Titanimplantate. Sie erfreute sich einer vorzüglichen Verdauung und kam hervorragend mit Schwerelosigkeit zurecht.

Nun, Beate Kling war nicht sonderlich hübsch, und an allem, was über den zwar überraschend weiten, aber letztlich doch begrenzten Horizont des Reinigungswesens hinausging, nicht besonders interessiert. Beides brauchte sie auch nicht zu sein, denn in dieser Station war nichts weiter als ihr Fachwissen gefragt. Aber sie musste mit Langeweile umgehen können, denn es würde Stunden geben, in denen nicht viel zu tun war. So wie jetzt.

Albert stand vor dem geöffneten Kleiderschrank. Für ein paar Männer des Planeten würde es ein guter Tag werden. Albert gehörte nicht dazu, denn am letzten Mittwoch war der Anteil seiner flink beweglichen Spermien auf unter fünfundvierzig Prozent gefallen. Es bedeutete, dass er seinen Koffer packen und diese Frau verlassen würde. Die saß in der Küche am Tisch und schmiedete bereits Pläne. Allesamt, ohne ihn darin einzuschließen. Seit Mittwoch war Albert ein klein wenig schlechter geworden, als es für Männer seines Standes gerade noch zulässig gewesen wäre.

Seine Hand strich über die Vorderfront übereinander geschichteter Pyjamas. Wie gut die sich anfühlten. Bisher war das seine Arbeitskleidung gewesen. Was in Zukunft seinen Leib umhüllen würde, jagte ihm einen Schauder über den Rücken und verwandelte seinen Magen in ein beinahe genauso großes Geschwür. Derber Zwirn würde es sein. Vielleicht blau, vielleicht gelb. Auf keinen Fall aber so raffiniert marmoriert wie diese Seidendinger.

Wehmütig warf er einen letzten Blick auf den Rest der Garderobe in diesem Schrank. Dann schloss er ihn und öffnete den zweiten. Hier lagerten die Kleidungsstücke, die für seine Rollenspiele nötig waren: Frack und Zylinder, Sportkleidung, ein Overall, eine Zimmermannshose. Nichts davon würde er in sein zukünftiges Leben mitnehmen dürfen, denn es gehörte zur Grundausstattung einer jeden Gebärerin. Alles, was ihm selbst gehörte, würde in den kleinen Koffer auf dem Bett passen und lag auch schon drin. Vor allem waren es Körperpflegemittel.

„Mach dich doch nicht selbst fertig."

Lisa war hinter ihn getreten und klopfte ihm aufmunternd auf die Schulter. Alberts Kopf sank ihm auf die Brust. Dass sie ihn bemitleidete fehlte gerade noch. Ein Kloß drängte in seiner Kehle empor.

„Du wirst dich sicher auch dort sehr wohl fühlen", sagte sie.

Albert entfuhr ein Schluchzen, Lisa war schon wieder in der Küche verschwunden. Sein Reich!

Dort hatte er gewirkt und erschaffen, dort hatte er täglich Köstlichkeiten hergerichtet. Nicht zuletzt deswegen hatte Lisa ihn sich damals aus dem Katalog ausgesucht. Natürlich waren seine anderen Fähigkeiten ebenfalls ausschlaggebend gewesen, und die Kocherei hatte schließlich nur dem einen Zweck dienen müssen: Sie sollte sich wohl fühlen, um für die Aufnahme seiner Spermien optimal eingestimmt zu sein. Aber diese kleinen Scheißkerle hatten ihm jetzt einen Strich durch die Rechnung gemacht. Viel zu früh. Ohne sie konnte er ein noch so guter Koch und Rollenspieler sein.

Er wischte sich die Wangen trocken und rief sich zur Beherrschung. Andere hatten das, was er jetzt durchmachen musste, auch bewältigt. Andere, viele andere, waren ihm vorausgegangen. Aber er wusste, dass den meisten von ihnen eine bestimmte Gabe fehlte. Denn so wie er, liebte kaum einer die Frauen.

Er liebte alles an ihnen. Ihre Körper, ihren Duft, ihre Bewegungen, ihr Denken. Sogar ihren Humor. Und das würde er dort, wo sie ihn hinschickten, nicht mehr erleben können. Denn dort waren nur Männer. Ekelhafte, rohe Männer mit vielen Haaren am Körper und einer Umgangsweise, die ihn von jeher abgestoßen hatte. Er fühlte sich bei Zechgelagen einfach nicht wohl, und die Unterhaltungen über Fortbewegungsmittel oder gar Sport hasste er. Er hasste alles Grobschlächtige!

Er hatte den Befund erst nicht glauben können, aber der Blick ins Mikroskop hatte ihn eines Besseren belehrt.

Schief, verknotet und hilflos zappelnd wie Fische auf dem Trockenen hatten sie sich präsentiert. Daran gab es nichts zu deuten. Sie waren auch nicht alle vollständig gewesen. Unüberschaubar die Zahl derer, die überhaupt keine Schwänze mehr hatten. Andere hatten dafür zwei, die sich gegenseitig schlugen. Sehr viele schwammen im Kreis und würden ihr Ziel so niemals erreichen. Die Köpfe waren größtenteils deformiert, und das Halspaket, die Kraftzelle der Wichte, war geschrumpft oder nicht mehr vorhanden. Ein trostloser Anblick. Albert war im ersten Moment erschrocken, dann war er wütend geworden, dann enttäuscht, dann traurig, und in dieser Stimmung befand er sich noch immer. Er schickte einen traurigen Blick an sich hinab. Wie hatte das nur passieren können? Seine Sonderrechte als Beschäler konnte er jetzt vergessen.

Er griff nach einer Arbeitshose mit breitem Gürtel. Darin hatte er immer sehr kernig gewirkt, und das hatte Lisa erregt. Das hatte ihn wiederum erregt, und so waren dreizehn Kinder mit ihr entstanden, die sofort nach der Geburt in einen Hort gesteckt worden waren, zu Leuten, die von Erziehung etwas verstanden.

Vielleicht gab Lisa sich ihm doch noch einmal hin, dachte er. Zum Abschied. Sehr lange würde auch sie nicht mehr dieser Beschäftigung nachgehen. Sie war immerhin fast achtunddreißig. Neben den dreizehn Kindern mit ihr hatte er achtzehn weitere mit anderen Frauen gezeugt. Man versprach sich von dieser natürlichen Zeugung inzwischen wieder mehr als von einer künstlichen. Man wollte sie

72

zumindest so lange anwenden, wie es gesunde Spender gab. Deren Zahl verringerte sich jedoch täglich.

Vor allem an die Frauen hatte man bei der natürlichen Zeugung gedacht. Sie fühlten sich einfach besser, wenn sie berührt wurden, wenn es zu Körperkontakten kam, als wenn man ihnen das zusammengepanschte Zeug bloß injizierte. Eine größtenteils glückliche Frau schien auch gesündere Kinder zu bekommen. Es war also beileibe nicht jeder gute Spender auch als Beschäler zugelassen. Der Spender musste nicht nur, was seine Spermien anging, topfit sein, er musste sich auch psychisch auf die Welt der Frauen einlassen können.

Albert warf sich noch das zur Hose passende derbe Hemd über, stieg in ein paar klobige Stiefel, zerwühlte seine Frisur und ging voller Hoffnung in die Küche.

Dort stand Lisa am Fenster. Die Sonne schien, ein paar Wolken trieben am Himmel, und Albert lehnte sich so lässig wie möglich an den Türrahmen.

„Ich hörte, hier sei ein Leck zu stopfen", raunte er.

Lisa drehte sich langsam um. Ein gleichgültiger Blick traf ihn. Dann reckte sich der matte Abklatsch des Erkennens aus den trüben Gewässern ihrer Augen.

„Mach dich nicht lächerlich", sagte sie und wandte sich wieder dem Fenster zu.

Albert löste sich vom Türrahmen und schob sich auf sie zu. Dieses Spielchen kannte er schon. Bisher hatte es zu ihrer ausgeklügelten Balz gehört. Und weil er sich sicher glaubte, dass sie auf sein Werben eingehen würde, löste er schon einmal seinen Gürtel.

„Der Meister schickt mich, um alles zu richten ... ist ja ein fürchterliches Durcheinander hier drinnen."

Er war ihr jetzt so nahe, dass er sie riechen konnte. Ach was, er konnte sie in der ganzen Wohnung riechen. Jeder

Winkel war von ihrem Duft erfüllt. Er bemerkte, wie sich die feinen Haare in ihrem Nacken aufrichteten.

„Ich habe auch mein Werkzeug dabei … sehr spezielles Werkzeug … wenn Sie mal schauen wollen?"

Lisa fuhr herum. Ihr zorniger Blick stach Albert ab wie ein Schwein.

„Du hast hier nichts mehr zu suchen, hörst du? Du bist aussortiert. Sieh zu, dass du verschwindest!"

Albert schloss die Hose. Es schellte an der Tür. Das würde der Neue sein. Selbst für einen Quickie um der alten Zeiten willen wäre keine Zeit mehr gewesen.

128 n. Tom

Die Gesellschaft war froh, dass Beate Kling so ausgeglichen war. Ein zweiter Mann oder eine zweite Frau war für die anfallende Arbeit vor Ort nicht nötig und auch nicht zu bezahlen. Denn schon Beate Kling verdiente ein virtuelles Vermögen dort draußen auf der Station. Sie konnte sein Wachstum auf einem Rechner verfolgen. Zunächst hatte sie Zweifel, was ihr dieses Vermögen auf der Station bringen sollte, wo doch alles zur freien Verfügung stand. Selbst für den Fall einer Rückkehr zur Erde wäre es nach ihrem Verständnis nutzlos, wo doch dort dann alles in Schutt und Asche lag. Aber die Verantwortlichen hatten diese Zweifel mit der Versicherung zerstreut, dass sich noch immer in der Geschichte der Menschheit der Reichtum als Vorteil herausgestellt habe. Sie solle ihn sich gut bewahren, ihn sich wegstecken, bis er von Nutzen sein würde.

Sie ging zu einem der runden Fenster. Der Anblick der funkelnden Schwärze wurde veredelt, als die Erde aufging. Groß und blau, durchzogen von weißen Schlieren wie eine Marmorplatte, wanderte sie wie über diamantenglitzernden Samt. Beate Kling ging durch den Kopf, dass alle anderen ihrer Art dort unten waren. Alle anderen! Viele tausend Kilometer entfernt, doch nicht unerreichbar. Sie könnte einen Kommunikationskanal öffnen, um sich mit irgendwem dort unten zu unterhalten. Aber jetzt hatte sie keine Lust dazu. Sie hatte sowieso nur ganz selten Lust zu so etwas. Auch ein Grund, warum man sie ausgewählt hatte und nicht eine ihrer geschwätzigen Kollegen oder Kolleginnen. Beate Kling sagte nur dann etwas, wenn es unbedingt nötig war.

Nachdem sich eine weitere Tür vor ihr aufgeschoben und sich das Deckenlicht eingeschaltet hatte, blickte sie in eine Halle mit Regalen. Hier lagerten die Nahrungsmittel, aber auch alle Dinge für den täglichen Gebrauch sowie Medikamente. Unter den Urmüttern sollten Arzthelferinnen sein. Die sollten weniger Kinder als die anderen zur Welt bringen, sich dafür aber um kranke Kinder kümmern. Ansonsten sollten die Kinder, bis sie das Lernprogramm bedienen konnten, von holografischen Gouvernanten betreut werden. Ein halbes Dutzend Sicherungen und ein faustgroßes Multifunktionswerkzeug lagerten hier in einer besonderen Schachtel. Das, so war Beate Kling versichert worden, würde ausreichen, falls etwas schief ginge. Wahrscheinlich würde aber nichts davon je zum Einsatz kommen, denn die Station sei perfekt. Es würde nichts kaputtgehen oder sich verschleißen. Und da der Transport eines jeden Teiles nach hier oben eine irrsinnige Summe kostete, sei man sehr froh, eine solch perfekte Station gebaut zu haben. Sie war sogar zweimal gebaut worden. Einmal in einer Berggegend auf der Erde, um sie zu testen und zu optimieren, und dann die zweite, verbesserte, hier oben. Sie hatten einen Garten angelegt, eine Wasseraufbereitungsmaschine und einen kleinen Vergnügungspark.

Beate Kling verließ die Lagerhalle und wechselte in einen anderen Trakt der Station. Hier würden sich die Urmütter aufhalten.

Man hatte ihr Wunderdinge von diesen Frauen berichtet. Man hatte ihr versichert, dass es das größte Glück sei, mit ihnen zusammen auf dieser Station zu sein. Diese Frauen waren allesamt Meisterinnen ihres Faches. Hochintelligent und unschlagbar. Beate Kling hatte sich zwar gewundert, was sie selbst dann hier zu suchen hatte, aber ihr war zu verstehen gegeben worden, dass sie selbst ebenfalls die Beste ihres Faches sei und dass daher nur ihr, Beate Kling, die Sorge um die Ordnung in der Station anvertraut werden könne. Sie werde ihre Sache sehr gut machen, so wurde ihr versichert. Da alle anderen ihre Sache ebenfalls sehr gut machen würden, werde sie auf die Erde zurückkehren können, nachdem der Planet durch den Einschlag des Asteroiden zwar verwüstet, innerhalb von Beate Klings Lebenszeit aber wieder bewohnbar würde.

Eine weitere Tür schob sich beiseite. Es war die Proliferationsabteilung der Station. Hier hatte Beate Kling nichts zu suchen. Sie ging darum wieder einen Schritt zurück, damit die Tür sich wieder schließen konnte. Sie war eine Frau, die ihre Grenzen kannte.

Aber weil sie ihre Grenze kannte, wusste sie auch, dass es mit ihr eines Tages zu Ende gehen würde. Schon aus diesem Grund musste sie für Ersatz sorgen, denn wer sollte ihre Arbeit tun, wenn sie nicht mehr war? Wenn es entgegen der Versicherung keine Rückkehr zur Erde während ihrer Lebenszeit geben würde, wer sollte dann ihre Stelle besetzen? Sie beschloss, die Proliferationsabteilung im Hinterkopf zu behalten.

50 n. Tom

In fünf Minuten würde das Amt für Familienplanung öffnen. Die Befugnisse des Amtes waren erweitert worden, und darum warteten die Männer in einer Schlange vor dem Eingang.

Einen Monat zuvor war das neue Gesetz in Kraft getreten. Nach Erhalt der Vorladung sollten die Männer innerhalb einer Woche auf dem Amt vorstellig werden. Julius Lamprecht hatte von einem Fall gehört, wo jemand seine Frist verpasst hatte und dann nachts abgeholt, verladen und dann gezwungen worden war, seiner Staatsbürgerpflicht nachzukommen. Denn zu einer Staatsbürgerpflicht war das alles erklärt worden. Julius hatte die Debatten zu diesem Gesetz nur beiläufig verfolgt. Seit das Schreiben dann im Postkasten gelegen hatte, fühlte er sich mulmig.

„Wahrscheinlich müssen wir nur ein bisschen husten", bemerkte der Mann vor ihm in der Schlange.

„Das glauben Sie doch wohl selbst nicht", entgegnete ein anderer. „Hier müssen wir unseren Hannes reiben. Beinahe öffentlich."

Julius wurde es flau.

„Und wenn man das nicht kann?", fragte einer hinter Julius.

„Dann kriegt man Vorlagen zur Unterstützung."

„Aber ich habe noch nie nach einer Vorlage ..."

„Machen Sie sich doch nicht lächerlich!"

Julius blickte wohl zum hundertsten Mal auf das Schreiben in seiner Hand: Vorladung zur Ermittlung des Proliferationsvermögens der männlichen Staatsbürger.

„Ich verstehe ja immer noch nicht, warum wir das tun sollen?", fragte der Mann hinter Julius.

„Ist doch klar", bemerkte der Mann vor Julius. „Die meisten Männer bringen es nicht mehr. Schlappschwänze! Ich werde denen mal zeigen, wozu ich fähig bin."

„Sie brauchen sich gar nicht so aufzuführen", herrschte ihn der Mann hinter Julius an. „Oder wissen Sie, ob Sie noch zeugungsfähig sind?"

„Soll ich ihn rausholen? Gleich hier!"

„Sie wollen Ihr Pimmelchen rausholen? Das können Sie nicht ernst meinen."

Einige lachten verhalten und gequält.

„Ich hab es noch jeder besorgt!", brüllte der Mann vor Julius.

„Aber so beruhigen Sie sich doch", warf Julius dazwischen. „Hier geht es doch um etwas völlig anderes."

„Ach ja? Worum soll es denn wohl gehen?"

„Haben Sie denn die Zeitungen nicht gelesen?"

„Doch sicher ..."

„Dann müssten Sie doch wissen, dass die Umweltgifte die Zeugungsfähigkeit der Männer drastisch reduziert haben", erklärte Julius. „Zu viele weibliche Hormone im Wasser ..."

„Ich hab jedenfalls immer noch jeden Morgen meine Latte", knurrte der Mann vor ihm.

„Wie ich schon sagte: Darum geht es nicht", sagte Julius. „Das, was Sie da jeden Morgen haben, hat mehr mit dem Druck der gefüllten Blase auf Prostata oder die zu- und abführenden Blutgefäße der Schwellkörper zu tun."

„Da schau einer an! Ein Professor!"

„Sehen Sie, es geht um die Qualität des Samens ..."

Der Mann verzog das Gesicht.

„Das klingt ja, als hätte meine Mutter es gesagt."

„Es geht nur um die Qualität. Und wenn die schlecht ist, dann gibt es eben gar keine Kinder oder aber welche mit Fehlern. In beiden Fällen hat die Gemeinschaft darunter zu leiden."

„Was soll das denn heißen?"

„Für jedes krank geborene Kind muss die Gesellschaft bezahlen. Jedes nicht geborene Kind führt zur Überalterung der Gesellschaft. Na? Klingelt's?"

„Und darum darf ich, wenn der Test hier für mich negativ ausfällt, nicht mehr auf meine Alte drauf?"

„Sie haben aber auch gar nichts verstanden, wie?"

Der Mann glotzte Julius an.

„Natürlich dürfen Sie noch auf ihre Alte drauf", bemerkte ein Mann etwas weiter hinten.

„Sehr richtig!", rief ein anderer. „Aber sie werden dir was abschneiden!"

„Sie werden was?", gellte der Mann vor Julius.

„Sie schneiden dir die Klötze ab!", brüllte einer von noch weiter hinten.

„Nein, nur die Samenleiter werden durchtrennt", sagte Julius.

„Und dann tun sie Knicker rein!", schrie der von noch weiter hinten.

„Aber Sie können dann immer noch eine Erektion ...", begann Julius.

„Halten Sie die Schnauze!"

125. n. Tom

Im Kamin prasselte ein Buchenscheitfeuer und zeichnete groteske Schatten in die Gesichter zweier Männer. Der eine war hager mit Halbglatze, der andere war es auch, trug aber eine Brille. Beide Männer nippten an bauchigen Gläsern, zur Hälfte mit Portwein gefüllt. Zur Hälfte mit Portwein gefüllt waren auch die Männer, und so stand beiden ein leichter Schweißfilm auf der hohen Stirn.

Die beiden saßen in sehr bequemen Sesseln an einem niedrigen Tisch, und auf diesem lag ein Haufen Zettel. Draußen stürmte es.

Durch eine Fuge am Haus, die Dr. Gerhard Holm auch nach intensiver Suche bisher nicht hatte finden können, pfiff der Wind ein grauenvolles Lied. Dr. Marcus Cellis wusste, dass Holms Suche trotz Brille fruchtlos bleiben würde, denn die Frequenz des Pfeifens war zu hoch, um die Richtung orten zu können. Kleine Vögel stießen Warnlaute in dieser Höhe für ihre Artgenossen bei Annäherung eines Raubtieres aus, um selbst nicht ausgemacht zu werden und trotzdem warnen zu können.

Die beiden Herren waren sehr angesehene Wissenschaftler, und darum hatte man sie mit der Aufgabe betraut, das Lernprogramm für die Heranwachsenden in der Raumstation zusammenzustellen. Mit der erfolgreichen Erledigung dieser Aufgabe winkte ihnen sehr viel Ruhm, den sie auch einzustecken gedachten.

Die Gesellschaft hatte nicht den blassesten Schimmer, wie die beiden Herren die Aufgabe selbst verstanden. Mit Perfidie, Zynismus, Durchtriebenheit, Raffinesse und Spitzfindigkeit wollten sie sich rächen an denjenigen, die ihnen diese Aufgabe zugedacht und ihre bisherigen Vorschläge zur Auswahlliste der Insassinnen der Station ignoriert hatten. Daher auch der Portwein, das Feuer und ja, wenn man so will, auch der Sturm.

„Verfluchte Sache, diese Sache", meinte Dr. Holm und legte ein paar der Zettel zurück auf den Tisch.

„Sehe ich genauso, Gerhard."

„Wir haben auch sicher nichts übersehen?"

„Nein."

„Keine der Auserwählten ist mit einem, geschweige denn beiden von uns in nennenswerter Form verwandt?"

„Ausgeschlossen."

„Dann müssen wir es tun."

„Jepp."

„Und du bist völlig sicher, dass das nach der Testphase nicht mehr geprüft wird? Ich meine, wenn was auffliegt, dann sind wir erledigt, und was noch schlimmer ist, sie nehmen am Ende noch zwei andere, und die machen es dann womöglich richtig."

Dr. Cellis nickte.

„Kannst ganz beruhigt sein. Wir werden das Programm nach seiner Testphase installieren. Niemand wird bemerken, dass wir zusätzlich noch etwas aufspielen, denn niemand wird damit rechnen. Bleibt die Frage, ob unser kleines Zusatzpaket aus dem Programm blanken Unsinn macht, oder es nur ein bisschen modifiziert."

„Nur so ein bisschen könnte schon reichen. Ich bin sicher, dass wir das Programm wie auch den Virus problemlos installiert bekommen. Interessant wird die Sache erst, wenn es zum Einsatz kommt. Die Kinder werden es benutzen, aber da sind ja auch noch die Mütter und die Holo-Gouvernanten. Mit den Gouvernanten wird es kein Problem geben, denn die werden auch vom Virus befallen sein. Die Mütter hingegen sind gebildet und bleiben es auch. Um sicherzustellen, dass wir unsere Absichten erreichen, sollte das Virus also ein bisschen komplexer sein. Am besten auch ein wenig bizarr."

„So bizarr wie ein humorvolles Endzeitszenario?"

„Unsinn, aber auf den ersten und auch zweiten Blick muss das alles ganz rund wirken. Wir dürfen nicht vergessen, dass wir es mit Menschen zu tun haben, und die sind an Neugier und Misstrauen kaum zu übertreffen. Auch die Nachkommen in der Station werden uns dahingehend nicht enttäuschen, und darum müssen wir vorsichtig sein. Am Ende übernehmen noch die Mütter die Erziehung, und dann war das alles hier für die Katz."

Er wies auf die Zettel.

„Du hast Recht. Das Virus könnte eine leichte Verschiebung der logischen Zusammenhänge in allen Disziplinen bewirken. Darüber hinaus sollte das verseuchte Programm trotzdem eine innere Logik besitzen, so schön, dass es durch seine bloße Ästhetik besticht."

„Wenn man erst einmal angefangen hat, damit zu arbeiten, dann muss es sich in die Köpfe hineinfressen. Sowas hat noch keiner gebastelt."

Die beiden Männer brüteten dumpf vor sich hin.

„Sie hätten wenigstens meine Regina auswählen können", murmelte Cellis.

„Mensch Marcus, fange jetzt nicht wieder damit an."

„Sie ist mir so ähnlich. Wie sie durch das Labor geht, wie sie die Dinge anfasst, worüber sie lacht, wie sie riecht ..."

„Ich weiß."

Holm nahm einen großen Schluck.

„Nur vier Generationen bis zum gemeinsamen Vorfahren. Da wäre noch genügend Übereinstimmung gewesen, um von einer Verwandten zu sprechen."

„Hör auf, dich zu quälen. Sie haben sie nicht ausgewählt."

„Ich hab ihnen Regina doch sozusagen auf dem Silbertablett präsentiert!"

„War wohl etwas zu auffällig. Die sind sehr misstrauisch in Zeiten wie diesen."

„Wäre Regina dabei, hätte ich zumindest einen Hauch von Ehrgeiz bei der Sache", meinte Dr. Cellis schließlich. „Ich meine, was soll das mit diesem Tippsen-, Moderatorinnen- und Krankenschwesternunfug."

„Sie wollten halt keine reinen Fortpflanzerinnen, sondern welche, die noch was anderes auf dem Kasten haben."

„Da hätte Regina wunderbar reingepasst."

„Jetzt ist aber Schluss!", rief Holm, und Cellis schreckte zusammen.

„Aber meinst du nicht auch, dass es Probleme ganz anderer Art geben wird?", fragte Cellis. „Die Fortpflanzerinnen sind an den Zustand der andauernden Schwangerschaften gewöhnt, wogegen diese Weiber doch eigentlich Karriere machen wollten."

„Aber die machen sie doch auch. Als Mütter der neuen Welt."

„Auf einer Raumstation?", lächelte Cellis spöttisch.

„Da werden sie ja wohl nicht auf ewig bleiben."

„Statt Männern gibt es Fertilisationsstäbe. Könnten doch gleich zwei Pulver zusammen kippen. Instantfortpflanzung sozusagen."

Sie lachten beide böse.

„Frauen aus der Stammlinie der Verantwortlichen oder gar BLUE BLOCK wären bestimmt besser gewesen", meinte Cellis. „Jetzt schicken sie zwar keine Idiotinnen, aber auch keine Anführerinnen da hoch."

„Hatten bestimmt Angst, dass es auffällt. Und wenn es auffällt, kommt es zu Unruhen oder gar Sabotageakten. Denn wenn man ehrlich ist, dann liegt die wirkliche Macht bei der zornigen Masse. Keiner der sogenannten Mächtigen ist scharf darauf, dass diese Masse mit Mistgabeln das Schlafzimmer stürmt. Weiß der Kuckuck, wo die Leute immer diese Mistgabeln herhaben. So wie es jetzt ist, wirkt jedenfalls alles ganz gerecht."

„Das ist wie ein Schlag in die Fresse!", rief Holm, dem mit der Zahl seiner getrunkenen Gläser seine vulgäre Ader übel mitspielte, der sich dabei aber sehr wohl fühlte, jetzt den Rest aus seinem Glas hinunterkippte und sich nachschenkte. „Aber bitte! Unser Virus wird das Lernprogramm so abwandeln, dass keins der Kinder auf das tatsächliche Universum vorbereitet ist."

„Wir sollten", kicherte Dr. Cellis, „nur auf Verdacht auch etwas reinschreiben, was vom Virus verschont bleibt."

„An was denkst du?"

„Zum Beispiel, dass Zeitreisen und Zeitreisende ..."

„... und alle Fremden ..."

„... und alle Fremden sowieso gefährlich und darum zu eliminieren sind. Am Ende finden sie noch was über das Zeitreisen heraus, und dann kommen sie her und machen, der Himmel weiß, was mit uns, weil wir sie falsch informiert haben."

Dr. Cellis blickte sich vorsichtig um und übersah Rhaankgs Schuhspitzen unter dem Vorhangsaum am Fenster und damit den überaus erstaunten Rhaankg vollständig. Den hatte seine Suche nach dem Zeitpunkt der Umwandlung zufällig hierher gebracht.

„Na, bis jetzt haben sie jedenfalls noch nichts dergleichen herausgefunden", grinste er.

„Außerdem muss der Virus einen Satz wie diesen unverändert lassen: Männliche Nachkommen dürfen erst nach ihrem 30. Lebensjahr und dann auch nur mit Weibchen kopulieren, die soundso viele Jahre jünger als sie sind", blitzte Dr. Holm. „Es gibt da eine Rinderrasse in Chillingham, die macht das ganz ähnlich."

„Warum?"

„Sie haben es sich natürlich nicht überlegt, es hat sich evolviert, und so ..."

„Nein, ich meine, warum sollten wir das ins Programm schreiben?"

„Männchen sind von jüngeren Weibchen kaum abzubringen. Werden auch gesünder, die Nachkommen. Wie bei den Rindern."

„Soviel Spaß kann ja wohl nicht in unserem Sinne sein, oder?"

„Stell's dir nur mal vor: Die erste Generation fortpflanzungsfähiger Weibchen kriegt nie einen ab und darf nur mit den Fertilisationsstäben rummachen, und die ersten Männchen dürften erst mal gar nichts! Sollen sich wenigstens fünfzehn Jahre nach ihrer Geschlechtsreife unter Kontrolle halten."

„Das wird Stress geben", konstatierte Cellis grinsend.

„Und die jungen Kerle werden sich auch nicht dran halten können. Das gibt dann noch mehr Stress, weil es ein klarer Regelverstoß ist. Ich erhoffe mir dann auch noch etwas Eigendynamik, Kämpfe um die Bräute, Spaltung der Gruppe, alles, was den Fortbestand der menschlichen Art unsicher macht."

„Also, machen wir es?"

„Natürlich machen wir es!", rief Dr. Gerhard Holm. „Ganz genau so machen wir es!"

109 n. Tom

Das Camp, zu dem Albert geschickt wurde, lag auf einem Hochplateau. Vom Plateau weg führte nur ein Weg durch ein tiefes Tal voller scharfer Grate. Es gab dort Geröllhalden, auf denen man leicht abrutschen konnte, und die paar Pflanzen, die dort wuchsen, waren entweder voller nadelspitzer Dornen oder aber hoch giftig. Vor allem aber waberte am Grunde des Tals ein Kohlendioxid See, der jedes tierische Leben in kürzester Zeit vernichtete.

Für Albert war das Grund genug, den Ort besser nicht zu verlassen und sich wie ein Schaf seinem Schicksal hinzugeben.

Das bestand darin, zunächst einmal auf einer Rampe einen grellgelben Overall entgegenzunehmen, unmittelbar nachdem er den Transportbus verlassen hatte. Auch derbe Schuhe wurden ihm übergeben, dazu wurde ihm eine sehr pflegeleichte Kurzhaarfrisur verpasst.

Mit dem Päckchen neuer Kleidung in seiner Hand wurden er und ein Haufen anderer zu Baracken geführt. Ihnen wurden Betten zugewiesen und die Duschen gezeigt. Später sollten sie die auch benutzen dürfen.

Kaum hatten sie sich umgekleidet, wurden sie schon vor die Baracken gerufen. Sie mussten sich alle nebeneinander aufstellen. Dann kam der Kommandant des Camps. Er wurde von zwei Gehilfen eskortiert, und er schien sich seiner Verantwortung für seine neuen Bewohner bewusst zu sein. Er hieß Hermann Ghös.

Kommandant Ghös war mittelgroß, hatte kurze, schwarze Haare, kleine, schwarze Augen, war etwas korpulent und trug einen leichten Straßenanzug. Er ließ einen dünnen Stock nervös auf der Schulter wippen.

Auf seiner Kartoffelnase klemmte eine winzige Brille. Er war stark weitsichtig! Seine Augen waren daher, obwohl winzig, beinahe so groß zu sehen, wie die Brille selbst es war. Kontaktlinsen vertrug er nicht, und für eine Operation war er zu feige.

Diesen Moment hasste er von allen am meisten. Vor allem hasste er es, jetzt zu den Männern sprechen zu müssen. Er wusste um jeden einzelnen, denn das war sein Job. Er wusste, was sie vorher getan hatten, und er wusste, warum sie hier waren. Um das, was sie vorher getan hatten, beneidete er sie alle. Um das, was sie hier tun würden, beneidete er niemanden.

„Männer", sagte Kommandant Ghös, als er es für angemessen hielt, „Männer, nun seid ihr also hier. Ihr braucht keine Angst zu haben."

Das rief ein beinahe munteres Gemurmel hervor. Hermann Ghös hatte das schon so oft gesagt, dass er diese Reaktion hätte vorhersagen können. Denn eines war schon einmal sicher: Diese Männer hatten Angst.

„Ihr braucht keine Angst zu haben. Hier wird nichts mit euch geschehen, und nichts von euch verlangt, wozu ihr nicht in der Lage seid."

Ein paar Seufzer der Erleichterung drangen jetzt aus den Reihen zu ihm herüber. Auch das kannte Kommandant Ghös.

„Sicher, das, was euch die Gesellschaft bisher abverlangt hat entsprach eher euren Fähigkeiten, ist aber gänzlich von dem verschieden, was euch hier zu tun erlaubt ist. Aber ihr werdet einsehen, dass es für euch das Beste sein wird. Nur hier könnt ihr auch weiterhin der Gesellschaft dienen, wie nur ihr es vermögt.

Nach den Bestimmungen des 9. Erzeugergesetzes ist es Beschälern nach dem Versiegen ihrer Zeugungskraft nicht mehr gestattet, einer Fortpflanzerin beizuwohnen. Euch war das bewusst, als ihr vor vielen Jahren dieser Bestimmung gefolgt seid. Euch war ebenfalls bewusst, dass sich euer Leben nach dem Ausscheiden aus dem aktiven Dienst ändern wird."

Kommandant Ghös sah etliche traurig nickende Köpfe. Er konnte ihnen das alles nicht ersparen. In der Vergangenheit hatte man Männer dieses Kalibers lediglich eine Erklärung unterschreiben lassen, in der sie sich verpflichteten, ihre bisherige Beschäftigung dranzugeben. Lässt die Katz das Mausen? Nimmer! Und so war das Umerziehungsprogramm ins Leben gerufen worden.

„Nun ist es an uns, euch diese neue Aufgabe nahe zu bringen. Es wird für manchen vielleicht etwas ungewohnt sein, für manche wird es sogar schwer werden. Aber ihr werdet sehen, Männer, es hat auch sein Gutes."

Kommandant Ghös hasste diese Stelle seiner Rede besonders, aber er musste das sagen, denn so waren die Bestimmungen. Ein dicker Kloß drängte sich aus seiner Brust die Kehle hoch, und etwas Tränenflüssigkeit sammelte sich hinter den unteren Augenlidern. Kommandant Ghös wartete ein Weilchen ab, bis diese Wallung vorübergegangen war. Dann schweifte sein Blick über die Reihen vor ihm. Die Männer starrten ihn erwartungsvoll an. Wie unschuldig sie doch waren, dachte Kommandant Ghös. Das würde sich gleich ändern. Einige würden dumpf starren, andere würden wie versteinert da stehen, wieder andere würden zusammenbrechen.

„Ihr werdet von uns hier erfahren, wie man arbeitet", sagte Kommandant Ghös so fest und ruhig, wie es ihm sein inneres Durcheinander gestattete. Er hatte diese Worte mehr zu seinen Schuhspitzen gesagt, denn er wusste, dass er dem direkten Augenkontakt nicht gewachsen sein würde. Erst einige Sekunden später blickte er auf und sah genau das Bild, das er schon so viele Male zuvor gesehen hatte.

Einige starrten dumpf vor sich hin, andere standen wie versteinert da, wieder andere waren zusammengebrochen.

„Aber ihr braucht keine Angst zu haben. Ihr werdet es schaffen, mit unserer Hilfe. Das verspreche ich euch!", rief Kommandant Ghös so freudig wie möglich über die schweigende Menge hinweg.

„Wir werden für jeden von euch eine passende Tätigkeit finden. Wenn es euch hilft, so sei gesagt, dass wir hier einen Teil einer Raumstation bauen werden. Aber, und das muss ich leider dazu sagen, niemand darf das Gelände verlassen. Jeder, der es versucht, wird erschossen."

Dann erwähnte Kommandant Ghös schnell noch ein paar Dinge, die ihm auch sehr wichtig waren, wie etwa, dass das Camp, aber als solches wollte er es gar nicht bezeichnen, es sei vielmehr eine Stätte der Entwicklung, ganz neu erbaut sei, extra für sie, damit sie das Vergnügen hätten, alles in erstklassigem Zustand vorzufinden, dass sie einen besonders guten Koch samt seiner eingespielten Truppe auf dem Gelände hätten, dass auch sonst für allerhand Annehmlichkeiten gesorgt sei und so weiter, und so weiter.

Aber das rauschte an Albert und seinen Gefährten vorüber, wie ein Zug, den man sowieso nicht hatte nehmen wollen.

Er würde hier arbeiten müssen. Eine Arbeit für Männer! Eine grauenvolle Vorstellung. Es würde keine schwere körperliche Arbeit sein, das verkündete der Kommandant gerade, aber dennoch – für jemanden wie Albert und seine

Gefährten war jede andere Arbeit als die bisher verübte ein Schock. Sie würden sogar vier Stunden pro Tag arbeiten müssen. Nicht alle zusammen, sondern auf zwei Schichten verteilt. Sie würden zusammen hausen, sie würden miteinander reden, sie würden miteinander trinken müssen. So fuhr der Kommandant jetzt fort. Albert begann zu schwitzen. Er war einer derjenigen gewesen, die dumpf vor sich hin gestarrt hatten. Jetzt klärte sich sein Blick etwas. Noch nicht einmal eine Köchin würde es hier geben. Hoffentlich musste er nichts mit Schmierfett machen.

381 n. Tom

Genivev erklomm den Wassertank. Die Stürme hatten ihm wenig anhaben können, denn er ruhte auf einem Stahlgerüst, das den Winden kaum Angriffsfläche bot. Seit Tagen, beinahe unmittelbar nachdem sie den Entschluss zur Auffindung des Schöpfers getroffen hatten, wehte ohnehin nur noch ein laues Lüftchen.

Der Tank auf dem Stahlgerüst war das höchste Bauwerk. Von hier oben hatte man eine herrliche Aussicht. Man konnte den Tank zu Inspektionszwecken über einen schmalen Absatz umrunden. Genivev drehte mit einer Hand am Geländer zwei Runden, dann hatte sie sich für eine Stelle entschieden. Dort stellte sie sich an das Geländer. Der Wind fummelte durch ihre langen Haaren.

Sie schloss die Augen und atmete tief ein und aus. Eigentlich hatte sie Kanzler Pembantu den Folgen seiner Verfehlungen aussetzen wollen. Er wäre der erste Kanzler gewesen, den sie in ihrer Funktion als Überwacherin des Ritus in den Himmel über den Wäldern geschickt hätte. Grondils Entdeckung hatte das Schicksal des Kanzlers fürs erste abgewendet. Aber nicht nur dem Kanzler kam diese Wendung zugute. Für sie selbst tat sich eine Möglichkeit auf, an die sie kaum zu hoffen gewagt hatte. Die bloße Vorstellung daran hatte sie so hibbelig gemacht, dass sie zur Beruhigung auf den Wassertank klettern musste. Hier oben konnte sie auch besser denken. Sie hatte dem Privileg der Kanzler schon immer Misstrauen entgegengebracht. Wenn Urmutter Bee eine Frau war, wieso sollte das Recht zur Auswahl bei männlichen Kanzlern liegen? Da hätte schon längst etwas korrigiert werden müssen!

Sie blickte auf die Siedlung hinunter. Wenn sie es geschickt anstellte, dann würde sie schon bald über das alles herrschen. Ihre Stellung erlaubte es ihr, den Schöpfer als eine der ersten zu Gesicht zu bekommen. Ihm würde sie sich hingeben. Bestimmt wäre er von ihrer Hingabe begeistert. In Gedanken spielte sie es jetzt wieder durch. Bestimmt würde sie darum auch etwas von ihm erhalten. Sie hoffte, dass es bedingungslose Liebe und Zuneigung sein würden. Weiter hoffte sie, dass sich diese Liebe und Zuneigung in Abhängigkeit wandeln würden. Und dann, ja dann war der Weg frei. Mit dem Schöpfer als Ass im Ärmel könnte sie tun und lassen, was sie wollte. Und sie wollte die erste Kanzlerin ihrer Gesellschaft sein. Sie wollte wählen können. Pembantu hätte dann nichts mehr zu melden. Die Macht des Schöpfers würde zu der ihren, und der Teufel sollte sie holen, wenn sie keine hervorragende Kanzlerin und Gemahlin des Schöpfers war.

Sie schloss erneut die Augen. Sie atmete erneut tief ein und aus. Sie fühlte sich siegesgewiss. Sie lächelte.

68 n. Tom

Margarete Hellsing stand in ihrer Küche und war wütend. Wenn es nach ihr gegangen wäre, dann sollte man alle Männer in einen Sack stecken, einen Haufen Frauen mit Knüppeln drum herum stellen und sie dann wahllos auf den Sack eindreschen lassen. Ihr eigener Mann sollte natürlich auch in diesem Sack sein, und wenn es nach ihr gegangen wäre, sollte er die meiste Prügel beziehen.

Ihr Mann Ralf hockte im Wohnzimmer und kippte Schnaps, wie jeden Abend. Ihn interessierte gar nichts mehr. Nicht seine Arbeit, nicht seine Freunde, seine Frau schon gar nicht, nachdem ihm der Sex mit ihr vergangen war. Auch nicht das Essen, das sie ihm kochte, Tag für Tag. Nur der Schnaps war ihm wichtig und darum auch, wann er zur Neige ginge.

Da mit Ralf also nichts anzufangen war, hatte sich Margarete auf sich selbst besonnen, aber von Zeit zu Zeit wäre ihr seine Hilfe doch willkommen gewesen, so wie heute. Sie war einfach nicht stark genug, um die Truhe allein zur Seite zu rücken, und die Truhe musste zur Seite gerückt werden, damit sie die dahinter gepurzelten Münzen hervorholen konnte. Aber Ralf interessierten die paar Münzen nicht, und für seinen Schnaps hatte er immer etwas beiseite liegen. Der Schnaps war sowieso nicht teuer und wurde sogar immer billiger, damit er reichlich getrunken wurde.

Aber sie selbst brauchte das Geld, denn sie lebte von Nahrung. Die war aber nicht so billig wie der Schnaps, und darum zählten auch die paar Münzen hinter der Truhe. Sie würde auf sie verzichten, wenn er stattdessen mal wieder etwas für sie oder mit ihr tat. Zum Leben braucht man eben doch mehr als nur Nahrung. Seit seiner Sterilisierung vor fast zwanzig Jahren tat er nichts mehr mit ihr.

Soll er zum Teufel gehen, dachte sie. Oder soll er doch krank werden, damit er auf sie angewiesen war. Aber selbst den Gefallen tat er ihr nicht. Er saß nur kerngesund bis auf die durchtrennten Samenleiter da und kippte Schnaps.

Sie starrte aus dem Fenster. Der Mond beschien den kleinen Acker, auf dem sie Kartoffeln, Bohnen und Zwiebeln anbaute. Bald wäre die nächste Ernte, und wer würde die durchführen? Sie ganz allein!

Sie stieg in ihre Gummistiefel und machte sich auf den Weg zur Außentoilette. Es gab natürlich auch eine im Haus, aber dort draußen konnte sie in die Sterne sehen. Sie tat das immer, wenn sie wütend war.

Der Dunghaufen müsste auch mal wieder rausgeholt werden, dachte sie, als sie beim Abtritt angekommen war. Und wer wird das wieder machen?

Sie hockte sich hinein, ließ die Tür aber offen, um einen freien Blick in die Nacht und die Sterne werfen zu können. Sie griff nach dem Fernglas, das neben ihr an der Bretterwand baumelte.

Wird Zeit, dass sich hier was ändert, dachte sie, als sie das Fernglas an die Augen hob. Soll ihn doch der Teufel holen, dachte sie auch noch. Irgendwie fehlt da doch ein Stern, dachte sie weiter. Der war gestern aber noch da, links vom Mond. Ganz schön seltsam. Muss doch gleich mal schauen, was das für einer gewesen sein kann. Die Venus ist es nicht. Oder sollte ich mal irgendwo anrufen?

Tom

Es dauerte nur eine Stunde, bis Tom leer war. Dafür war der Plastikbecher halbvoll. Er war in bester Verfassung. Immerhin lebte er seit geraumer Zeit von Gemüse und Vitaminpräparaten, trank keinen Alkohol und keinen Kaffee und rauchte nur noch eine halbe Schachtel Zigaretten am Tag. Vor allem hatte er es sich nicht gestattet, Hand an sich zu legen. Seit drei Wochen schon! Er betrat die Laborräume.

Er erinnerte sich noch gut an das erste Mal. Damals war er ein wenig mitgenommen, als er sich an den weitaus komplizierteren Teil seines Plans gemacht hatte. Nur gut, dass er sich genügend Zeit im Vorfeld genommen hatte, dass er Bescheid wusste, dass er geübt hatte.

Beim ersten Mal hatte Toms Hand, gerade als er den Probenhalter aus dem tiefkalten Stickstoffdampf gehoben hatte, zu zittern begonnen. Als er versucht hatte, eines der vereisten Röhrchen mit dem dick gepolsterten Handschuh herauszufingern, hatte er noch ein weiteres erwischt, das zu Boden gefallen und dort wie eine Christbaumkugel zerplatzt war. Tom hatte vor Schreck innegehalten. Dann war sein Blick auf den Plastikbecher gefallen. Bis jetzt hatte er nur ein Röhrchen füllen wollen. Aber warum sollte er sich mit einem einzigen Röhrchen begnügen? Warum sollte er nicht einfach noch ein weiteres vollmachen? Eine ungeheure Idee hatte sich vor ihm aufgebaut. Das Zeug in dem Becher musste ohnehin noch mit 2M-Glycerol im Verhältnis 1:1 verdünnt werden. Das bedeutete die doppelte Menge. Damit könnte er sogar alle oder zumindest sehr viele ...

Eiskalte Röhrchen hatte er in einem großen blauen Plastiksack gesammelt, wo sie aufgetaut waren. Fremde Röhrchen! An ihre Stelle waren seine eigenen getreten, sorgfältig gekennzeichnet mit den Etiketten der fremden Röhrchen. Er hatte ungefähr drei Stunden gebraucht. Als er den letzten Probenhalter in die eisig spritzende Flüssigkeit getaucht hatte, war eine ansehnliche Menge Röhrchen ausgetauscht.

Doch dabei sollte es nicht bleiben. Die Nächte sind lang, gerade für einen Wachmann. Er hatte sich von nun an Nacht für Nacht eine kleine Freude bereitet, bis er alle Röhrchen ausgetauscht hatte und sich von nun an nur noch denjenigen zu widmen brauchte, die täglich neu hinzukamen.

Heute lief alles glatt. Pipetten flogen zielsicher in Näpfe, saugten an, vermischten, verdünnten, Schranktüren klappten auf und zu. Tom Kampe war sehr zufrieden. Er wendete sich zur Tür und erstarrte, denn zwischen ihm und der Tür stand plötzlich ein Mann bei ihm in der Einsamkeit des Labors. Ein großer, grinsender Kerl in einem altmodischen grauen Anzug und mit einer Holzkeule über der Schulter.

128 n. Tom

Generalmajor Hampel war nicht dazu berufen worden, die Rede zu halten, aber er würde die Instruktion erteilen. Die Rede würde der Präsident halten, das übliche Blabla, wohingegen die Instruktion wirklich wichtig war.

Die Sonne stand hoch am Himmel und schien über die Bedrohung hinwegtäuschen zu wollen. Nach Berechnung der Astronomen sollte die Katastrophe in zwei Tagen eintreten. Vor einer Woche hatte alles noch so gut geklungen. Asteroid zerstört! Kleinere Brocken könnten noch in die Erdatmosphäre gelangen, würden aber zum größten Teil verglühen. Dann die erschütternde Meldung, die sie zur Durchführung des letzten aller Pläne zwang.

Die ganze Welt war in kürzester Zeit informiert und reagierte mit allen Schattierungen von menschlichem Wahnsinn bis hin zu einer vollkommen unangebrachten Freude.

Die Menschen hatten sich eine Chance gezimmert. Genau das verkündete der Präsident auch gerade. Sie hatten eine Raumstation gebaut, sie hatten die Rekruten, die Frauen, ausgewählt. Sie hatten sie in dieser Station im Bergland in der dünnen Luft ausgebildet, und sie würden sie heute in den Orbit schießen. Welch eine Ehre für diese Frauen, so sagte es in dem Moment auch der Präsident. Man habe die Fähigsten, die Edelsten ausgewählt, und sie seien alle aus des Volkes Mitte.

Im Hintergrund tickte, umschwirrt von einem Rudel Bannerwerbung, schon seit Jahren der Countdown im weltweiten Netzwerk. Nito Cussave hatte den Countdown eingerichtet. Die monströse Klickrate brach alle Rekorde in der Geschichte der Onlinewerbung. Nito Cussave würde darum in die Geschichte eingehen, und tatsächlich hatte man ihn bereits dafür ausgezeichnet und ihm einen so großen Haufen Geld zusätzlich zur Bannerwerbung in die Taschen gestopft, dass er und seine Frau und seine hochbegabten Kinder es einmal besser haben würden.

Alle Frauen standen in ihren Raumanzügen nebeneinander aufgereiht. Mit ihren Helmen unter dem rechten Arm wie mit einer dritten, ungeheuren Brust, wirkten sie sehr anziehend, dachte Generalmajor Hampel. Seine Untergebene, Oberst Sylvia Mummel-Gruttmann, seine in allem rechte Hand, hatte die Frauen ausgebildet. Die Frau Oberst stand jetzt einige Schritte rechts von ihm und wirkte in ihrem Uniformkostüm ebenfalls extrem anziehend.

Die Menschheit setze all ihre Hoffnung in sie, so verkündete der Präsident eben.

Die Frauen hatten kein Sedativum erhalten, denn für einen Flug ins All sollten sie nüchtern und topfit sein. Aber Else Rot hatte heimlich eines genommen. Sie hielt ihre Angst damit in Schach, denn die hatte sie vor dem Flug.

Der Präsident schritt die Reihe der Frauen ab. Die Übertragungskameras taten ihre Arbeit. Sie sendeten direkt ins weltweite Netz. Jeder konnte so Zeuge sein. Einige hundert waren aber auch persönlich auf diesem Stützpunkt erschienen.

Wer genau hinsah, hätte bemerkt, dass die Frauen stark geschminkt waren. So versuchten sie, Blessuren zu überdecken. Das Ausbildungscamp war nicht spurlos an ihnen vorübergegangen. Von Beginn an sah jede der Frauen zu, dass sie nur mit denen zu tun hatte, von denen sie gemocht wurde. Alle vermieden es, Konflikte heraufzubeschwören. Sie waren auch wegen ihrer sozialen Verträglichkeit ausgewählt worden. Und sie waren fest entschlossen, den Erwartungen gerecht zu werden. Die Alternative war immerhin ihr Tod im Inferno des Einschlages. Aber gegen Ende der Ausbildungszeit hatte sich die Lage zugespitzt. Es soll hier nicht erörtert werden, was der Auslöser war. Im Wesentlichen war es das Gefühl, von einer anderen nicht gemocht zu werden. Die Frauen hatten sich nicht mehr im Griff. Es war zu Prügeleien gekommen. Als die Verantwortlichen davon erfuhren, hatte man überlegt, einige Frauen auszutauschen. Ersatz für sie konnte aber nicht mehr ausgebildet werden, und so hatte man es bei der ursprünglichen Zusammensetzung der Gruppe belassen.

Der Präsident schüttelte jeder einzelnen die Hand, steckte ihr einen Orden an und gab ihr einen Kuss. Auf die Lippen! Generalmajor Hampel wusste, dass er ihnen auch die Zunge in den Mund schob, denn der Präsident hatte sich auf genau das wochenlang gefreut. Wer hätte es ihm missgönnt?

Die Frauen waren daraufhin alle errötet. Soweit Generalmajor Hampel unterhalb des Kummerbundes erkennen konnte, war auch der Präsident erregt. Aber wer sollte es ihm missgönnen?

Dann spielte die Kapelle. Man hatte auf eine traditionelle Formation zurückgegriffen. Die Kapelle beendete ihr Stück, das vom renommierten und gesellschaftlich für solch tragische Situationen anerkannten Komponisten Sebastian Reiff eigens erdacht worden war. Dann folgte die Globalhymne, dann Applaus. Die fliegenden Kameras im Orbit zeichneten eifrig auf. Dann postierte sich Generalmajor Hampel links von der Einstiegsluke des Shuttles. Er ließ Oberst Mummel-Gruttmann alle rechts kehrtmachen und zum Shuttle marschieren. Als die Letzte eingestiegen war, betrat auch Generalmajor Hampel das Shuttle und ließ die Frauen drinnen wieder Aufstellung nehmen. Jetzt kam sein Moment.

Er nahm Haltung an. Er salutierte. Die Frauen grüßten mit der freien linken Hand zurück.

Sie hätten ja alle im Laufe des vergangenen Jahres genug gelernt, um die Mission erfolgreich abzuschließen, so sagte er zackig, denn so machte es ihm am meisten Spaß. Er wolle sich also nicht auf unnötige Ausschweifungen einlassen und deutete mit den Augen in die Richtung, in der der Präsident draußen gestanden hatte. Nur eine Instruktion hätte er noch zu geben: Der Regler für das Ausfahren des Andock-Schlauches habe etwas geklemmt, aber er sei wieder gängig gemacht. Seine Funktion sei aber nicht hundertprozentig gewährleistet, und so hätten die Ingenieure die Funktion dieses Reglers auf einen anderen Regler gelegt. Er wisse, dass die Frauen es in ihrer Ausbildung anders gelernt hätten. Das sei aber nicht weiter tragisch, denn dieser neue Regler befände sich in unmittelbarer Nähe zum ursprünglichen Regler. Also im Grunde sei der vormals defekte Regler vollständig zu ignorieren und der neue Regler im Andock-Manöver zu betätigen.

Generalmajor Hampel kontrollierte ein letztes Mal, ob sich auch alle vorschriftsmäßig anschnallten. Der Start würde kaum turbulent verlaufen, nicht wie noch vor einigen Jahrzehnten. Sobald das Shuttle eine gewisse Höhe erreicht hatte, würde von der Bodenstation über Funk das Triebwerk gezündet, das es manövrierfähig machte. Dann würden sich die Frauen abschnallen und sogar ein wenig herumlaufen können. Nach nur viereinhalb Stunden würden sie die Raumstation erreichen, dort andocken und sich dann auf das vorbereiten, wofür sie alle auserwählt waren.

Frühere Shuttles hatten eine Trägerrakete gebraucht. Eine Generation weiter hatten sie sich selbst bis in den Orbit schießen können, aber sie hatten eine lange Startrampe benötigt. Dieses neue aber brauchte nur einen immens starken Laser, der es in den schwerelosen Raum trieb.

Hier drinnen war alles modern bis auf die Kohlenstoffeinheiten. Die waren seit Tausenden von Jahren kaum verändert worden und hätten bestimmt besser auf einen Baum als in solch ein Shuttle gepasst. Tief in sich drinnen wussten sie das auch. Aber weil sie sich so wichtig nahmen, blieb die uralte Stimme in ihnen ungehört.

Generalmajor Hampel war zufrieden. Diese Frauen würden es schaffen. Sie blickten zuversichtlich nach vorn, und sie sahen hinreißend aus. Bevor sich alle den Helm aufsetzten, würde er jeder noch einen Kuss geben, wie der Präsident es getan hatte, denn auf genau das hatte er sich wochenlang gefreut.

Nachdem sich die Shuttletür geschlossen, der Laser seine Arbeit begonnen und das Gefährt in die Höhe geschossen hatte, verließ Generalmajor Hampel hoch befriedigt den Stützpunkt.

68 n. Tom

Professor Harald Radek klappte seine Butterbrotdose auf und stellte fest, dass seine Frau ihm wieder nur Käsebrote eingepackt hatte. Sie meinte es ja gut, aber bei seinem Gehalt könnte sie die Brote auch mal mit etwas anderem belegen, dachte er. Die Brote waren ohnehin immer einen Tag zu alt. Wenn doch wenigstens der Käse etwas ausgefallener wäre oder zumindest etwas dicker geschnitten. Wofür rackerte er sich eigentlich ab, wenn nur so wenig dabei heraussprang?

Der Hunger treibt's rein, dachte er und biss ein Stück ab. Das Telefon klingelte.

„Herr Professor?"

„Mmh ..."

„Herr Professor, da ist eine Frau Hellsing in der Leitung. Die behauptet, sie hätte vergangene Nacht einen Stern nicht mehr gesehen."

„Mmh?"

„Sie sagt, der sei sonst immer da gewesen."

Radek schluckte den Bissen hinunter.

„Sie ist recht aufgeregt. Wenn Sie vielleicht mit ihr sprechen wollen?"

Radek warf einen Blick auf die Käsebrote.

„Stellen Sie durch."

Die Telefonmelodie im Hörer riss unvermittelt ab.

„Radek."

„Ah, Herr Professor. Also gestern, gestern Nacht, als ich so auf dem Abort saß, wir haben auch einen draußen, müssen Sie wissen, und bei dem Wetter lasse ich immer die Tür auf ..."

„Frau Hellsing ...“

„Ja?“

„Ihren Namen habe ich also richtig verstanden.“

„Ja, ich bin Margarete Hellsing.“

„Und sie haben letzte Nacht ...“

„Der war weg. Einfach weg! Ich schaue immer, ob sich etwas tut da oben. Und gestern, da war einer weg.“

„Was war weg?“

„Na der Stern, verdammt noch eins. Links vom Mond steht der um diese Zeit immer, und gestern war er weg.“

Radek beäugte missmutig das Käsebrot. Zumindest war es besser als nichts.

„Frau Hellsing, Sterne verschwinden nicht so einfach. Sie explodieren als Supernova oder blähen sich zu roten Riesen auf. Andere werden braune Zwerge, andere werden zu Neutronensternen.“

Er biss vom Brot ab.

„Aber der war einfach nicht mehr da! Ich wollte ja Ralf, das ist mein Mann, dazuholen. Aber wenn der erst mal seinen Schnaps hat, dann brauch ich den gar nicht erst zu fragen. Auch wegen den Kartoffeln nicht oder der Dunggrube oder eben wegen der Truhe gestern. Außerdem hätte er sowieso nicht gewusst, was ich meine. Der kennt sich ja überhaupt nicht aus da oben, und ihm zu beschreiben, wie es vorher war oder wo genau er überhaupt hinsehen soll – vergessen Sie es, Herr Professor.“

„Mmh mmh ...“

„Könnten Sie nicht auch mal nachsehen? Ziemlich nah beim Mond links.“

„Mmh mmh ...“

„Ihnen brauche ich da ja nichts zu erklären. Natürlich ist es einfacher, was zu sehen, was plötzlich zu viel da ist. Sie wissen schon. Sie mit Ihren Möglichkeiten werden sofort sehen, was ich meine."

„Ich werfe mal einen Blick in den Sektor."

„Oh, Sektor, so heißt das bei Ihnen … links vom Mond."

„Werde ich tun."

„Ich will nur wissen, ob ich nicht anfange zu spinnen."

„Ich tue, was sich tun lässt", sagte Professor Radek und lutschte Käsereste aus einer Zahnlücke.

„Dann noch einen schönen Tag. Ich habe Ihrer Sekretärin meine Telefonnummer hinterlassen. Vielleicht rufen Sie kurz zurück, wenn sich mein Verdacht bestätigt."

„Mache ich, Frau Hellsing. Und Sie machen sich bitte keine Sorgen. Wiederhören."

Mag den Schnaps wohl auch ganz gerne, dachte Radek. Nur um es nicht bei Worten zu belassen, lud er sich die Daten der vergangenen Nacht hoch, konnte aber nicht das Fehlen eines Sterns feststellen.

„Hätte mich auch gewundert", murmelte Radek und dachte an seine hochbegabten Kinder. Die hatten selbstverständlich alle Innentoiletten. Aber Moment mal! War da nicht doch etwas anderes?

381 n. Tom

Makut erreichte über eine kleine Brücke den südlichen Bereich der Siedlung. Hier war er aufgewachsen. Nirgendwo hatte der Sturm mehr Verwüstung angerichtet. Das lag nicht daran, dass die Hütten hier weniger stabil waren als in den übrigen Teilen der Siedlung, es lag vielmehr an der exponierteren Lage. Die Südsiedlung war zuletzt angelegt worden. Anfänglich hatte man die Lage jenseits des Baches und hinter einem flachen Hügel als exklusiv bezeichnet. Mit den Folgen durch die Stürme änderte sich aber die Einschätzung. Die Siedlung war zu ungeschützt, und daher fielen hier mehr Häuser den Naturgewalten zum Opfer. Obwohl niemand für die Verheerung verantwortlich zu machen war, schoben die Südsiedler sie dem Kanzler in die Schuhe. Sie folgten so ihrem Gesetz, und daran war nichts verwerflich.

Inzwischen erinnerten sich aber die Älteren daran, dass sie es in ihrer Siedlung sowieso nie so gut getroffen hatten wie alle anderen. Dabei hatten sie sicher weit Besseres verdient. Mit der Zeit stellte sich eine allgemeine Unzufriedenheit ein. Der Weg über die Brücke und den flachen Hügel war ihnen jetzt zu beschwerlich, die Sonne brannte zu hell, die Informationen aus dem Zentrum der Siedlung kamen ihnen zu spät. All das, was die Siedlung zuvor ausgemacht hatte, erschien ihnen jetzt als Nachteil. Im Grunde hätten sie die Südsiedlung am liebsten ins Zentrum verschoben. Doch das war, sie wussten es alle, unmöglich. Aus diesem Grund hatten sie sich darauf verlegt, mit Vorschlägen zumindest ins Zentrum der Debatten zu treten. Der Erfolg war mäßig geblieben.

Sein Weg führte Makut an ein paar Ruinen vorüber. Gerade wurden sie mit dem, was herumlag, ausgebessert. Bis sie wieder bewohnbar waren, würde noch etwas Zeit vergehen. Makut wurde zugewinkt, aber jetzt hatte er keine Zeit.

Er ließ die Siedlung hinter sich und betrat den angrenzenden Wald. Nach wenigen Schritten hatte ihn das Unterholz verschluckt. Mühsam brach er sich seinen Weg, änderte einige Male die Richtung und erreichte schließlich eine freie Fläche unter einem sehr alten Baum. Er lauschte. Der Wind spielte in den Kronenblättern. Noch einmal schlug er sich ins Dickicht, diesmal in östlicher Richtung, überquerte ein Rinnsal und stieß unvermittelt auf eine mit Ranken überwuchert Felswand. Makut griff in die Ranken und schob sie beiseite.

„Was hat er gesagt, Makut?"

Etwa ein Dutzend Männer und Frauen hockten hier in einer Höhle um ein rauchloses Feuer. Bei Makuts Eintreffen war Hogwin aufgesprungen.

„Er hält unser Ansinnen für lutzinisch, Hogwin."

„Was? Ein grüner Promenadenteppich ist lutzinisch?", rief eine Frau.

„Den mach ich kalt!", knurrte Hogwin und wollte die Höhle verlassen. Makut hielt ihn fest.

„Ruhig, Hogwin. Das hilft unserer Sache nicht", sagte er.

„Wir haben Pembantu noch eine Chance gegeben, auch unsere Vorstellungen, was den Schöpfer und seinen Empfang angeht, zu berücksichtigen", fuhr er fort. „Er ist nicht darauf eingegangen, schlimmer noch, er beschimpft uns. Nicht das erste Mal hat er uns erniedrigt, nicht das erste Mal hat er unsere Rechte mit Füßen getreten. Sind wir denn schlechter als die anderen?"

Alle schüttelten den Kopf.

„Haben nicht auch wir eine Stimme? Hatten nicht auch die Südsiedler am Aufbau dieser Gesellschaft einen Anteil? Haben wir nicht sogar die größten Opfer gebracht, um das Leben hier so erträglich wie möglich zu gestalten?"

Makut rannte offene Türen ein.

„Wir müssen dem ein Ende machen. Da jetzt auch unser letzter Vorschlag abgelehnt wurde, müssen wir handeln."

„Ja, handeln wir!", rief Hogwin.

„Das werden wir tun. Ich habe auch schon einen Plan."

Makut hockte sich in den Kreis.

„Wie sieht dein Plan aus?", fragte einer.

„Im Grunde hat sich nichts geändert. Einer von uns muss Kanzler werden. Dann können wir das Zentrum der Siedlung hierher verschieben. Hätte Grondil nicht diese Sache herausgefunden, wäre das auch schon längst geschehen. So dicht wie noch vor einer Woche hat Pembantu noch nie am Abgrund gestanden. Jetzt wird dieser Schöpfer hier erscheinen. Pembantu wird das für sich nutzen wollen. Wenn er aber keinen Vorteil daraus ziehen kann, wenn alles sogar noch schlimmer wird, dann bleibt ihm nichts anderes übrig, als dem Gesetz zu folgen. Wir werden dafür sorgen, dass selbst bei Anwesenheit des Schöpfers ein Unglück eintritt."

Ein Laut des Erstaunens ging durch die Runde.

„Ja, ein Unglück. Und wenn eins nicht reicht, dann noch eins. Und wir werden es tun, wenn Pembantu glaubt, seine Position sei am stärksten. Wir werden ihn vor den Augen des Schöpfers bloßstellen."

Alle wurden ganz aufgeregt.

„Aber an was hast du denn dabei gedacht?", fragte eine.

Makuts Augen blitzten.

„Wir fangen beim Wassertank an. Wenn wir sein Gerüst sprengen, wird er zu Boden stürzen. Bestimmt wird es eine

Erschütterung geben, und dann haben wir schon etwas erreicht."

„Es wird zu wenig Strom da sein, wenn der Wassertank zerstört ist", meinte jemand.

„Und auch zu wenig Wasser", meinte jemand anderes.

„Bestimmt kommt jemand dahinter, und am Ende wendet sich alles gegen uns", meinte noch jemand.

„Ich bin mir auch nicht sicher, ob wir damit das Übel bei der Wurzel packen", sagte eine Frau.

Makut spürte, wie sein Plan zu scheitern drohte. Er warf einen kalten Blick in die Runde.

„Ich gehe mal davon aus, dass hier sonst niemand einen Vorschlag zu machen hat, oder?"

Alle schwiegen betreten.

„Aber wir sind uns einig, dass jetzt etwas geschehen muss", fuhr Makut fort. Sie nickten.

„Dann sollten wir mit irgendetwas beginnen. Und wenn wir mit irgendetwas beginnen müssen, dann kann es auch der Wassertank sein. Ist der erst einmal zerstört, werden wir sehen, wie wir die Situation nutzen können. Vielleicht haben wir ja Glück!"

„Makut soll Kanzler werden!", rief einer vorsichtig, und die anderen skandierten: „Makut soll Kanzler werden! Makut soll Kanzler werden!"

„Ich werde den Sprengstoff besorgen", sagte Hogwin leise zu Makut.

„Aber sei vorsichtig", flüsterte Makut.

Die Menschen auf der Erde hatten eine glücklich lächelnde Truppe hoch motivierter Frauen in das Shuttle steigen sehen.

Aber kaum dass die Triebwerke des Shuttles in einigen Kilometern Höhe gezündet worden waren, kaum dass das Shuttle ein paar hundert Kilometer weiter durch eine Fäkalienwolke früherer Weltraummissionen gerast war und sich so fast alle Fenster mit Unrat besudelte, kaum dass sich die Frauen aus ihren Schalensitzen gequält hatten, begann das Drama.

Diese Frauen waren monatelang auf ihre Mission vorbereitet worden, indem man sie durch qualvolle Läufe ermüdet, ihre Gehirne mit Details des Shuttles und der Station vollgestopft und ihre Psyche auf das Wesentliche der Mission fokussiert hatte. Der Ernst der Lage hätte ihnen also klar vor Augen stehen müssen. Obwohl jedes Gramm Gewicht zu viel an Bord zu erheblichen Konsequenzen führen konnte, hatte jede der Frauen es irgendwie geschafft, ein paar spezielle Utensilien mit an Bord zu schmuggeln.

Kaum dass die Frauen also ihre Sessel verlassen und sich im Shuttle frei bewegen konnten, war in allen nach den beiden recht intimen Kontakten mit dem Präsidenten und dem Generalmajor ein innerer Druck gewachsen. Außerdem konnten sie jetzt ihre Helme abnehmen. Schon das war Grund genug für eine Auffrischung.

Die höchst brenzlige Lage hatte dem Drang der Frauen nichts entgegenzusetzen. Die Hirne spielten ihnen böse Streiche. Zugegeben: Waschen ist nicht unter Sich-frisch-

Machen zu verstehen. Es geht den Frauen nicht um die Beseitigung von irgendwelchem Körpergeruch. Nein, sie wollen überprüfen, ob sie das Bild, das sie bisher vermittelt haben, auch weiterhin vermitteln. Jede kleinste Abweichung muss rückgängig gemacht werden. Sie wollen die Ordnung wieder herstellen, sie wollen der Unordnung, der Entropie entgegenwirken. Meist ist nicht viel dazu nötig, und oft scheint auch gar nichts zwischen vorher und nachher geschehen zu sein. Aber es muss gemacht werden.

Das Shuttle war zwar sehr modern, aber man hatte die Frauen nicht an seiner Konzeption teilhaben lassen. So gab es keinen einzigen Spiegel, nur eine verchromte Treteimer-Abdeckklappe. Weiß der Himmel, warum es überhaupt einen Treteimer in diesem hochmodernen Shuttle gab, aber es kann als sicher gelten, dass jemand sich durch seine Anwesenheit dort hervortun wollte.

Sonja war als erste beim Eimer, gefolgt von Ellen. Beide wurden von Jessika zur Seite geschoben, Anja riss den Eimer an sich. Gabi fing an zu weinen, und Birte knallte ihr dafür eine. Da brachen die alten Seilschaften, die sich im Ausbildungscamp gebildet hatten, durch. Angelika rächte das auf ihre Weise, indem sie Birte an den Haaren zog, und so fiel Edith der Eimer in die Hände. Der gelang es, ihre Oberlippe ein wenig nachzuziehen, bevor Sonja des Eimers wieder habhaft wurde. Sie zog ebenfalls ihre Oberlippe nach, kam aber nicht bis zum Ende, denn Hellen würgte sie von hinten, und so malte sie um ihren Mund einen Winkelhaken. Der Eimer fiel zu Boden und kullerte in eine Ecke des Shuttles. Ellen und Angelika hechteten hinterher, Petra und Stefanie verstellten ihnen den Weg, Inge holte zum Tritt aus. Lydia begann ebenfalls zu weinen. Anja gelangte in den Besitz des Eimers und zog in aller Hast einen Lidstrich. Sie wurde von Gabi, die sich inzwischen gefasst hatte, angestoßen. Der Eyeliner flog irgendwohin, eine weitere Ohrfeige schallte durch das Shuttle, aber war außerhalb desselben nicht zu hören, denn da war nur luftleerer Raum. Genauso wenig konnte man dort die Schreie vernehmen. Hätte aber jemand einen Blick durch eins der Fenster, und zwar durch das einzige, das durch Fäkalien früherer Weltraummissionen nicht völlig verschmiert war, werfen können, so hätte er sicher niemals darauf getippt, dass dort die Urmütter der neuen Menschengeneration versammelt waren. Ja, er hätte noch nicht einmal sagen können, wie viele davon dort miteinander rauften.

In genau diesem Moment spürte Else Rot die Wirkung des Sedativums nachlassen. Die beiden Küsse hatten ihr Blut zum Wallen gebracht. Möglicherweise hatten die beiden Männer auch weit mehr Gefallen an der halb betäubten Frau gefunden, als statthaft ist. Jedenfalls klärte sich Elses Geist in dem Moment, als das Drama schon fast seinen Höhepunkt erreicht hatte. Der sollte freilich erst durch Elses Zutun erreicht werden.

Denn als Elses Geist begann, sich zu melden, wurde ihr klar, was sich da im Shuttle abspielte. Da wollte sich doch nicht etwa jemand frisch machen? Außerdem waren einige ihrer Freundinnen in Bedrängnis. Als ihr die ganze Tragweite der Situation klar war, entdeckte sie den Treteimer mit dem besonderen, verchromten Deckel, der ganz dicht neben den sich balgenden Frauen am Boden lag. Jetzt musste sie schnell sein.

Mit einem oft geübten Griff löste sie die Sicherheitsgurte, setzte ihren Helm ab und stürzte sich auf den Eimer. Sie hätte eigentlich gar nicht so hastig zu sein brauchen. Etwas weniger Tempo hätte bestimmt auch zum Ziel geführt. Vor allem hätte sie dann ihre Beine besser unter Kontrolle gehabt bei der jetzt geringeren Schwerkraft. So aber berührte sie mit ihrem Fuß den Regler, der das Ausfahren des Andock-Schlauches bewirkte.

Durch die ständig sich ändernde Massenverteilung, hervorgerufen durch die raufenden Urmütter, dann durch die speziellen Gegenstände, die die Frauen an Bord geschmuggelt hatten, und jetzt auch noch durch den ausgefahrenen Andock-Schlauch kam das Shuttle ganz leicht in Schieflage. Bevor überhaupt eine der Insassinnen etwas begreifen konnte, war es soweit gekippt, dass das Dramas unabwendbar wurde. Und das zeichnete sich in Form von BEM ab, der gerade in dem Moment hinter dem Mond auftauchte, und direkt auf das Shuttle zuhielt.

Ach ja: Inge war die Einzige, die zufällig aus dem Fenster sah, oder besser, die zufällig aus dem Fenster schauen musste, weil ihr Kopf an den Haaren nach hinten gerissen wurde. Starr vor Schreck sah sie eine kilometerhohe Felswand auf sie zurasen.

„Basis ruft RS2 ... Basis ruft RS2 ...“

„Hier RS2“, antwortete Beate Kling. Sie fand es lächerlich, das zu sagen, aber Raumstation 2 hieß RS2, und man hatte ihr diese Form der Meldung aufgetragen, um keine Missverständnisse aufkommen zu lassen. Viel lieber hätte sie sagen wollen: „Hier Beate“, denn schließlich war sie allein, und außerdem gab es keine andere Station im Orbit. Aber wenn die dort unten darauf bestanden – was wusste sie denn schon? Auch die Bezeichnung „Basis“ für den Herrn auf dem Monitor, den Beate Kling als Dr. Joseph Benedikt kannte, erschien ihr lächerlich.

„Hallo RS2! Alles in Ordnung?“

„Ja."

„Das Shuttle ist gestartet. Sind die Quartiere hergerichtet?"

Es knackte ein wenig in der Verbindung, und das Bild war fein gespickt mit Drop-Outs.

„Ja", sagte Beate Kling.

„Wir wünschen, dass die Damen alles zu ihrer Zufriedenheit vorfinden."

Beate Kling nickte.

„Sehen Sie schon den Asteroiden?", fragte Dr. Benedikt.

Beate Kling schüttelte den Kopf, peilte aber zur Sicherheit einmal rüber zu einem Fenster. Nacht. Natürlich. Ein leichtes Glühen allenfalls. Doch dann sah sie etwas Gigantisches in der Ferne durch die Schwärze ziehen.

„Sie müssen antworten", knackte es im Mikrofon.

„Ich glaube, er ist gerade vorbeigeflogen."

Ein Häufchen Stille.

„Dann läuft alles nach Plan."

Dr. Benedikt hatte sich, soweit Beate Kling das zwischen den stärker und häufiger werdenden Drop-Outs feststellen konnte, lächelnd einem Mitarbeiter zugewendet. Dann brach das Bild zusammen, und es blieb ein feines Rieseln.

„Irgendwas stimmt nicht ...", hörte sie eine Stimme im Hintergrund haspeln.

„Was soll das heißen?"

Die gedämpfte Stimme von Dr. Benedikt klang angespannt, und er sprach anscheinend nicht mehr direkt ins Mikrofon.

„Wir kriegen kein Signal ... auch zum Shuttle nicht ..."

„Und es ist wohl niemandem eingefallen, da mal eine Querschaltung zu installieren?"

„Wir haben es verbockt!"

„Das will ich meinen", hörte Beate Kling Dr. Benedikt

fauchen. „Wir müssen die zuständigen Stellen sofort in Kenntnis setzen."

„Dr. Benedikt ..."

„Mein Gott. Die Frauen rasen ohne Führung da hoch!"

„Dr. Benedikt ..."

„Was!"

„Das Mikro steht noch auf ON."

Es raschelte noch mehr.

„Frau Kling, äh, RS2?"

„Ja?"

„Es scheint Probleme zu geben. Machen Sie es, wie besprochen. Wir melden uns später noch einmal. Ende und AUS!"

Beate Kling lief zum Fenster. Sie hoffte, noch einen Blick auf den Asteroid werfen zu können, aber der war schon zu weit weg. Sie sah etwas aufblitzen, aber sie hatte nicht den blassesten Schimmer, dass das ihr Schicksal besiegeln sollte.

Bevor BEM hatte kollidieren können, hatte er einiges durchzustehen. Bis zum Mars verlief seine Reise sehr zufriedenstellend. Er drehte sich um seine Achse, sammelte noch ein paar der kleineren Brocken ein, und er sagte sich seinen neuen Namen wieder und wieder vor. Millionen Mal! Aber ein kleines Stück Sorge bemächtigte sich seiner doch.

Nach der Passage an Mars vorbei glaubte er, einen unbehinderten Blick auf die Erde werfen zu können. Er wollte sie scharf ins Visier nehmen und sich auch die Stelle ihrer beider Vereinigung ausschauen.

Über die Erde huschten allerhand Gerüchte durch die Weiten des Universums. Vor allem eines: Auf der Erde gab es Wasser. Ganz blau sollte sie sein, und BEM stellte sich eine Vereinigung mit diesem Wasserplaneten sehr hübsch vor. Es würde einen großen Klatsch geben, eine riesige Welle, und Wolken über Wolken. Das hatte er sich so vorgestellt. Aber je näher er dem Ort der Vereinigung entgegentrieb, umso größere Sorgen machte er sich. Denn der Blick auf diesen sagenhaften Planeten blieb ihm zeitweise verwehrt. Man hätte es ihm irgendwann mitteilen sollen. Man hätte die Gerüchte nicht so sparsam sähen dürfen, man hätte einfach eine Winzigkeit mehr Sorgfalt walten lassen sollen, denn von einem Mond war bisher nie die Rede gewesen, oder hatte er nur nichts davon hören wollen? Ganz offensichtlich hatte die Erde einen Mond. Er trieb BEM in regelmäßigen Abständen in den Weg. In genauso regelmäßigen Abständen verschwanden Erde und Mond hinter der Sonne und tauchten erst später wieder auf. Die Monate des Wartens vergrößerten BEMs Sorge, seinen Vereinigungspartner zu verfehlen.

Da BEM also nichts anderes war als ein von Sorge erfüllter relativ kleiner Bald-vielleicht-Berg, freute er sich übermäßig, als er etwas von der Kommunikation des Universums mitbekam. Aus dieser Kommunikation konnte er schließen, dass er seine Reise mit einem klaren Ziel hatte antreten müssen. Er sollte mit der Erde kollidieren! Er würde also den Mond zwar nur ganz knapp, viel knapper als den Mars zuvor, passieren, aber er würde genau das tun.

Als es schließlich so weit war, winkte er dem Mond besonders lässig zu, aber nur so lange, bis die Erde über dessen Horizont langsam aufstieg. Pfeilschnell raste er auf sie zu, die darauf nur gewartet hatte. BEMs Ankunft war ihr lange zuvor mitgeteilt worden.

BEM selbst erhielt zu seiner Freude noch etwa mehr Schwung, als ihm Mars bereits mitgegeben hatte. So würde er sich noch tiefer, noch nachhaltiger mit der Erde vereinigen können. Dann bemerkte er, dass sich etwas Winziges seiner Oberfläche näherte. Dieses Winzige war ein Antriebsmodul, versehen mit einem im Vergleich riesigen Ausblasrohr. Selbstverständlich hatte das Ding auch einen immensen Tank voller Brennstoff, und es diente nur einem einzigen Zweck. Es sollte sich auf BEM festkrallen, sich dann ein wenig ausrichten, dann seinen gesamten Brennstoff durch das Rohr hinausblasen, dabei eine gewaltige Stichflamme erzeugen und so BEM in eine andere Richtung umlenken. So hatten es sich zumindest die Erbauer des Moduls gedacht. Zunächst verlief die Aktion auch in den eng bemessenen Parametern der Erbauer. Dann kollidierte das Modul mit Müll.

Noch bis vor fünfundsechzig Jahren war der Müll auf der Erde entsorgt worden, aber schließlich hatte man sich gedacht, dass das, was nicht mehr recycelt werden konnte und noch dazu einfach zu giftig und gefährlich war, in den Weltraum geschossen werden sollte. In die bekannten Umlaufbahnen konnte man es jedoch nicht schicken, denn die waren bereits voller Satelliten. So hatte sich ein ehrgeiziger Wissenschaftler daran gemacht, eine winzige Lücke im sonst vollgestopften Orbit ausfindig zu machen, durch die man den ganzen Mist würde hindurchschießen können. Ein hochkompliziertes Programm entwickelte der kühne Mann in der Hoffnung, dass ihm die nötigen Ehrungen erbracht würden, damit seine hochbegabten Kinder es einmal besser haben würden als er selbst. Das Programm war ein Erfolg. Der Müll trieb durch die Lücke am Mond vorüber auf Nimmerwiedersehen davon. Leider trieb er nicht so schnell, wie das Modul jetzt vorangetrieben wurde, und so holte es noch Müll ein, dessen man sich vor ein paar Wochen entledigt hatte. Es sollte eine Tonne voll atomarem Abfall sein, ein Castor, der von dem Modul gestreift wurde und so für eine Ungenauigkeit in der Flugbahn der Fähre sorgte.

Als sich das Modul also BEM näherte, hatte sein Schicksal bereits begonnen, sich zu erfüllen. Es huschte zwar noch wie geplant knapp über BEMs Oberfläche, eine Bremsdüse zündete, das Modul wurde langsamer, schien sich seinen Landeplatz auszusuchen, wurde fündig und sank dann auf BEM hinab. Aber im falschen Winkel. Anstatt also zur Landung anzusetzen, um sich danach im Untergrund festzukrallen und das ganze verdammte Programm abzufahren, raste es auf den Boden unter sich irgendwie schief zu. Das Modul samt seinem riesigen Rohr und dem Brennstofftank erhielt einen Schlag, den es im richtigen Winkel problemlos mit seinen Landebeinen hätte abfedern können. So aber beförderte er es ganz woanders hin, als sich die Erbauer und das Modul selbst gedacht hatten. Vor Schreck öffnete es das Ventil zur Brennkammer, der Brennstoff entzündete sich automatisch, und der aus dem Rohr hinausschießende Schweif tat sein Übriges, um das Modul noch weiter dorthin zu schleudern, wo es nie und nimmer hin wollte. Noch bevor es sich darüber Gedanken machen konnte, wer jetzt wohl sauer sein könnte, weil es seinen Auftrag nicht erfüllt hatte, geriet der aus dem Rohr austretende Feuerschweif in einen feinen Strahl aus noch nicht entflammtem Brennstoff, setzte ihn umgehend in Brand, und das Modul brauchte über nichts mehr nachzudenken. Es wurde vollständig von der Explosion zerrissen.

Etwas später flog ein ganzes Rudel spitzer, heulender Dinger auf BEM zu, aber seine Rotation tat zuverlässig ihre Arbeit, und so konnte BEM alle bis auf eines abwehren. Es bohrte sich in BEM hinein und explodierte dort lautlos.

Aber BEM war kein massives Stein-Eisen-Durcheinander, sondern er war porös. Einen massiven Berg hätte die Explosion in viele Einzelteile zerlegt, die zwar alle ebenfalls auf die Erde getroffen wären, aber zumindest die kleineren Bruchstücke wären in der Atmosphäre verglüht.

Auf einen porösen Berg hatte die Detonation allerdings den gleichen Einfluss wie ein Nagel ihn auf einen Knetklumpen hat. Kaum einen nämlich! Lediglich ein winziger Bereich wurde pulverisiert.

Dass er noch etwas später etwas ganz Kleines, Metallisches, vollgestopft mit blinkenden Lichtern und organischem Material, aufsammelte, bemerkte er hingegen gar nicht. Ein monströser Schlauch ragte aus diesem Ding heraus, dazu geeignet, sich an eine dazu passende Öffnung einer Raumstation zu heften. Und drinnen, hinter unratbeschmierten Fenstern, rissen sich ein Haufen Frauen an den Haaren.

Auch Konstantin Foltz riss sich an den Haaren.

In sechs Tagen soll der Mythologie zufolge die Welt erschaffen wurden sein. Der Mond kreist in achtundzwanzig Tagen um die Erde. Diese beiden Zahlen sind ganz besondere Zahlen. Es sind so genannte vollkommene Zahlen. Konstantin Foltz, Dr. Konstantin Foltz, war in seiner Funktion als Mathematiker und Bevölkerungsexplosionsexperte davon überzeugt, dass das kein Zufall sein konnte.

Vollkommene Zahlen sind schon seit mindestens Euklid bekannt und zeichnen sich dadurch aus, dass die Summe ihrer Teiler die Zahl selbst ergibt, wobei die Teilung durch sich selbst ausgeschlossen ist und die 1 als Teiler gilt.

Sechs ist die erste vollkommene Zahl und die Summe ihrer Teiler eins und zwei und drei. 28 ist es ebenfalls: Die Summe ihrer Teiler eins und zwei und vier und sieben und vierzehn.

Von diesen Zahlen gibt es nur wenige. Eine einzige von ihnen beschäftigte Dr. Konstantin Foltz seit einiger Zeit. Es war die sechste vollkommene Zahl. Die Zahl nimmt, wenn man so will – und Dr. Foltz wollte es so – einen vollkommenen Platz in der Reihe der vollkommenen Zahlen ein. Diese Zahl war Anfang und Ende in gleichem Maße. Und die Sache mit dem Ende war wörtlich zu nehmen. Die sechste vollkommene Zahl sollte nach Dr. Foltz die Bevölkerungszahl sein, die das Ende der Menschheit bedeutet. Es hatte schon unsinnigere Voraussagen gegeben. Diese hingegen sollte sich bewahrheiten.

Dr. Konstantin Foltz hockte vor dem Kreißsaal des Krankenhauses. Drinnen lag eine Frau in den Wehen. Foltz hatte ermittelt, dass sie das Schicksalskind gebären und auch, wann genau sie damit fertig sein würde. Seiner Theorie zufolge sollte sie in dem Moment ihr Kind zur Welt gebracht haben, wenn der Asteroid auf der Erde einschlug. Dieses Kind würde der Erdenbürger Nummer 8.589.869.056 sein. Wenn sich seine Theorie bald bestätigte, würde er große Ehren entgegennehmen können, aber nur posthum. Angesichts der Tatsachen konnten diese Ehrungen nur von einer außerirdischen Intelligenz erfolgen, die nur darauf warteten, die Erde zu besetzen. Damit diese Wesen über ihn und seine Leistung informiert waren, hatte er längst eine Meldung verfasst, die nur noch in dem Moment abgesendet werden musste, wenn sich seine Theorie bestätigte.

Dem Bildschirm seines Taschencomputers schenkte er seine ganze Aufmerksamkeit, denn er war per Satellit mit dem riesigen Rechner seines Institutes verbunden. An diesen Rechner sendeten alle Kreißsäle, Polizeistationen und Beerdigungsinstitute der Erde sowie die medizinischen Implantate, die jeder seit seiner Geburt in sich trug, ihre Informationen. Dieser Rechner wusste immer ganz genau um den aktuellen Stand der Weltbevölkerung. Und dieses Wissen sendete er direkt an Dr. Konstantin Foltz Taschencomputer. Im Moment stand dort die Zahl 8.589.869.052.

Foltz schwitzten die Hände. Noch vier Zahlen bis zur sechsten vollkommenen Zahl. Eigentlich hätte die Weltbevölkerung schon viel höher sein können, zumindest, wenn man den Prognosen der Wissenschaftler von vor gut fünfundsechzig Jahren geglaubt hätte. Damals hätte die acht Milliarden-Marke überschritten werden müssen, aber es hatten sich Komplikationen ergeben. Alle Afrikaner und Südamerikaner hatten ausgerottet werden müssen, weil sie sich nicht mehr dem Diktat der restlichen Welt ergeben wollten. Sie hatten gerechten Lohn für ihre Arbeit gefordert, damit auch ihre hochbegabten Kinder es einmal besser haben sollten. Die Waffen der restlichen Welt entschieden zu ihren Ungunsten und rissen ein riesiges Loch in die Bevölkerungspyramide. Später hatte es einen Engpass gegeben, denn die verbliebenen Männer waren fast alle unfruchtbar geworden. Sei es durch das mit Östrogenen verseuchte Wasser, sei es durch die Ernährung, den Stress, Plastikweichmacher, zu enge Hosen – man hatte auf Samenspenden früherer Tage zurückgreifen müssen, von denen aber nur noch ganz wenige Proben geeignet gewesen waren.

8.589.869.053! 6:21 Uhr.

Dieses Kind würde das Maß voll machen. Immerhin näherte sich der Asteroid der Erde, und es gab keinen Zweifel, dass er die Überlebenden der Menschheit zumindest in die Anfänge ihrer Geschichte zurückwarf. Das bedeutete ihr Ende, denn wer konnte heute noch ein Feuer entzünden?

Dr. Konstantin Foltz lief ein paar Schritte auf und ab. Die Kreißsaaltür flog auf, ein Arzt wehte ihm entgegen.

„Und? Ist es soweit?", fragte Dr. Foltz.

„Was ist soweit?"

„Die Frau ... hat sie geboren?"

„Wer?"

„Die mit dem Kind?"

„Ich bin gar nicht an der Sache dran."

Diesem Mann schien nicht klar zu sein, welche Bedeutung dieses Kind hatte.

Zwei Minuten hatte es gebraucht, um es zu zeugen, kaum mehr als zwei Minuten würde es überleben. Welch ein Schicksal!

8.589.869.055! 6:26 Uhr.

Dr. Konstantin Foltz lief auf und ab. Gleich würde es soweit sein. Er schaute rasch aus dem Fenster. Am Himmel zeichnete sich ein glühender Ball ab. Nein, das war nicht die Sonne. Die stand etwas weiter westlich. Das war der Asteroid. Foltz´ Blick huschte zurück zum Bildschirm. Die Übertragung schien gestört. Flackernd und Pixel streuend huschte die Anzeige darauf herum. Dr. Foltz befürchtete, dass der Asteroid schon im Vorfeld dafür sorgen würde, dass die Zahl nicht würde aufleuchten können.

8.589.869.056! 6:27 Uhr.

Da war sie. Die Zahl! Ganz kurz war sie aufgeflackert, dann aber wieder verschwunden, aber dann stand sie ganz klar auf dem Bildschirm. Jetzt musste es geschehen sein. Der letzte Erdenbürger war geboren. Er meinte ein Zittern des Bodens zu spüren.

BEM war kurz zuvor in die Atmosphäre der Erde eingetaucht. Er begann zu glühen, es zerrten ungeheure Kräfte an ihm. Er war jetzt verdammt schnell. Für die, die es interessiert: Er legte pro Stunde 81.342 Kilometer zurück. Die paar

Kilometer durch die Atmosphäre der Erde würden ihn zwar stark erhitzen, aber er war entschieden zu groß, um in ihr zu verglühen. Wie bereits gesagt, für einen Trumm war er zwar ziemlich klein, aber für einen, der mit solch sagenhafter Geschwindigkeit vom Himmel fällt, war er riesig und mächtig. Neunundzwanzig Kilometer Durchmesser sind kein Pappenstiel, und für die Wesen auf der Erde würde er der Albtraum werden. Aber das interessierte BEM nicht im Mindesten. Er würde sich vereinigen, ganz sicher!

Zu Beginn seiner Reise war er voller Freude gewesen, dann war die Aufregung dazugekommen, dann die Sorge, dann die Gewissheit. Jetzt aber war er sehnsüchtig, nein, er war voller Liebe. Als er sah, wo er einschlagen würde, sprengte das daraufhin aufsteigende Gefühl seine Sinne. Die Vereinigung würde sich in einem Gebirge vollziehen. Das war klasse, denn so würde sich BEMs Reise um ein paar Sekundenbruchteile verkürzen. Es war genau die Stelle, an der Prof. Dr. Harald Radek vor genau achtundsiebzig Jahren sein Haus gebaut hatte. Inzwischen hatte man darin den Zentralrechner untergebracht. Aber in diesem Gebirge lagen nicht nur zufällig eine ganze Menge gelber Steine herum. Unter diesem Gebirge lauerte schon seit Tausenden von Jahren ein gigantischer Vulkan. Sie nannte sich YELLOW und war nach Meinung mancher Wissenschaftler überfällig. Andere Wissenschaftler hatten hingegen errechnet, dass sie noch nicht heiß genug war. Die Menschen hatten sie VEI-ELF genannt nach der Größe ihres Vulkan-Explosions-Index. Darüber konnte sie nur schmunzeln. VEI-ELF wäre sie vielleicht vor hunderttausend Jahren gewesen. Da hatte sie noch innere Ruhe, da war sie noch nicht erwartungsfroh. Sie konnte weit besser zuhören als BEM und hatte die Nachricht des Universums deutlich verstanden. Seitdem freute sie sich auf BEM, ach was, sehnte sie BEMs Ankunft herbei, denn sie würde ihrem Gefängnis entkommen.

Eingesperrt und klein gehalten durch die Erde, die mit unvorstellbarer Kraft ihrem Drang zu entfliehen entgegenwirkte, hatte sie von einem Fluchthelfer geträumt, einem Herkules, der ihr wie einst dem Atlas die Last von den Schultern nehmen würde. In ihrem Gefängnis hatte sie ihn sich ausgemalt. Groß und stattlich sollte er sein, erfahren und weitgereist mit ein paar Falten zum Zeichen seiner Reife, willensstark und doch einfühlsam. Er würde ihre Wünsche kennen und respektieren, würde die Vergangenheit ruhen lassen und sich der Zukunft, ihrer beider Zukunft, stellen wollen. Denn eines war gewiss: Wenn er kam, würde sich die Luft erhitzen, und die Erde würde beben. Sie würde ihn umfangen, ihrer beider Liebesglut würde verschmelzen zu einem einzigen Feuer, das alles um sie herum mitrisse, in die Höhe trüge und in winzigen Funken über die ganze Erde verteilte. Es würde warm werden, sehr warm. Das verhasste Wasser würde verdampfen. Sollte es doch. Das Leben würde eingeäschert. Sollte es doch. Das Wasser hatte Ihresgleichen immer zugesetzt. Ihre Brüder und Schwestern an den Küsten und tief im Ozean konnten ein trauriges Lied davon zischen. Das Wasser hatte Leben ermöglicht, selbst weit über ihr an der Oberfläche, wo es beinahe kochte. Bakterienmatten in schrillen Farben durch gelöste Mineralien, die ihre Hoffnung auf Rettung verhöhnten, deren bissigen Spott sie nicht länger ertrug. Zermalme er sie alle, zerreibe er ihre Lügen! Am besten, das Erdmagnetfeld würde ebenfalls zusammenbrechen und müsste sich dann später neu organisieren. Harte Gammastrahlung rottet alles aus. Sonnenwinde würden mit dreihundert bis achthundert Kilometern pro Sekunde über die Erde und ihre hilflosen

Geschöpfe fegen. Ihm und ihr würden die nichts ausmachen, aber alles, was eine Nukleinsäure brauchte und sich nicht mit viel Proviant vergraben hatte, würde dem zum Opfer fallen. Gemeinsam schafften sie sich ein Heim und blieben zusammen, in guten wie in schlechten Tagen.

Als BEM also direkt auf YELLOW zuraste, begann sie sich zu recken, zu strecken und zu dehnen. Sie war ungeduldig wie ein Backfisch. Ja, sie war inzwischen auch verliebt in BEM und wollte so verführerisch aussehen, wie sie es nur konnte. Und BEM, dessen Sehnsucht ebenfalls auf das höchste Maß gesteigert war, krachte mitten in sie hinein, ließ sie aufbrechen und ausbrechen in einem glutroten Feuerball und mit einem Lärm, der nur Himmelskörpern vorbehalten ist, die sowohl eine Atmosphäre ihr eigen nennen können, als auch Wesen, die den Lärm hören können. Von den letztgenannten würde allerdings nichts Nennenswertes die Katastrophe überleben.

Erneut flog die Saaltür auf, eine Schwester trat in den Gang.

„Herr Dr. Foltz?"

„Ja?"

„Sie wollten wissen, wenn das Kind ..."

„Um wie viel Uhr trat der Effekt ein?"

„Ich verstehe nicht ganz ..."

„Wann haben Sie es rausgezogen!", brüllte Dr. Konstantin Foltz.

„Also, ich bitte Sie ..."

„Wann!"

„Um genau 6:26 Uhr ..."

„NEIN!!!"

Dr. Foltz sank entkräftet auf die Holzbank und klimperte tief verletzt auf dem Rechnerding herum.

Dieses Kind hier war genau vor dem vollkommenen Erdenbürger zur Welt gekommen. Es war also gerade eben nicht vollkommen. Hätte es sich nicht etwas mehr Zeit lassen können? War diese Eile nötig gewesen? Der vollkommene Erdenbürger war genau um 6:27 Uhr geschlüpft. Nur zwei Minuten hätte das Kind hier Geduld beweisen müssen, und es wäre sogar zur vollkommenen Zeit, worauf Dr. Foltz gar nicht zu hoffen gewagt hatte, dass auch diese seine Vorhersage zutreffen könnte, um 6:28 Uhr nämlich, ans Licht gelangt. Das andere, das vollkommene hatte zwar die vollkommene Zeit verpasst, aber er war sonst genau der Theorie gefolgt. Aber es war in Peking geboren worden und nicht hier. Oder ob die Ärzte es nicht hatten abwarten können? Hatten sie dieses Kind hier etwa zu ungeduldig herausgezogen? Zuzutrauen war ihnen das. Hatten wohl Angst, weil der Asteroid doch so nah war. Oder bildeten sie sich ein, dass sie bei dieser Katastrophe gebraucht würden?

Nun war sowieso alles vorbei, das Ende in Sicht, und nichts würde es aufhalten können. Keine fünfhundertdreißig Kilometer vom Kreißsaal entfernt war BEM mit ungeheurer Wucht eingeschlagen. Und hätte er dabei nicht sämtliche Übertragungen unterbrochen und zudem den Zentralrechner völlig zerstört, dann hätte Dr. Konstantin Foltz eine Millisekunde, bevor das Unglück geschah, eine andere Zahl auf dem Bildschirm erkennen können. Und die lautete:

8.589.869.057!

Womit sich das Wort erfüllte, das da lautete:

„Wenn das zunächst Vollkommene unvollkommen wird, soll es soweit sein."

Das daraufhin ausbrechende Inferno verhinderte, dass Dr. Foltz den Zentralrechner mit seiner Botschaft an irgendwelche Außerirdische füttern konnte. So erfuhr niemand von der Wahrheit seiner Theorie.

Niemand hatte sich mehr gemeldet. Kein Monitor zeigte etwas an. Beate Kling hatte eine Nachricht abgesetzt, aber die war unbeantwortet geblieben. Bisher war auch das Shuttle nicht eingetroffen. Beate Kling hasste das.

Sie hatte mit dem Nahrungsverfertiger für die Frauen einen Willkommenshappen zubereitet. Der würde das Eis brechen, so hatte sie gehofft. Jetzt saß sie an einem Tisch vor vierzehn Gedecken. Es war angerichtet, aber die Gäste ließen auf sich warten. Das hasste sie noch mehr! Wahrscheinlich würde sie alles noch einmal aufwärmen müssen. Es würde nur noch bedingt genießbar sein. Sogar die Damen, die Urmütter, die Retterinnen der Menschheit, begann sie etwas zu hassen. Was bildeten die sich ein? Dass sie hier ewig auf sie warten würde? Falsch gedacht, meine Damen! Ihr mögt ja sein, was ihr wollt, aber unhöflich ist es in jedem Falle. Pünktlichkeit ist die Zierde der Könige! Sie hätten sich zumindest melden können, wenn sie wussten, dass sie sich verspäteten. Soviel Höflichkeit müsste selbst bei Urmüttern möglich sein.

Beate Kling erhob sich und ging wohl zum hundertsten Mal zum Fenster. Da war kein Shuttle. Aber die Erde war dort. Sie war nicht mehr ganz so blau, und die weißen Schlieren waren ebenfalls verschwunden. Sie sah wie eine graue Schneekugel aus. Beate Kling ahnte, was das bedeutete. Der Asteroid hatte die Erde getroffen. Möglicherweise hatte niemand überlebt. Aber genau für diesen Zweck war sie in dieser Station, und genau für diesen Zweck sollten verdammt noch eins auch die Urmütter hier sein.

Missmutig setzte sich Beate Kling zurück auf den Stuhl. Die sollen nur kommen! Denen würde sie schon etwas erzählen! Sie entkorkte eine Flasche Champagner, denn eigentlich war heute Silvester.

Tom

„Ich bin Rhaankg", grüßte der Hüne und wechselte die Keule auf die andere Schulter.

„Das ist ja toll", meinte Tom vorsichtig.

Er riss den Elektroschocker aus dem Gürtel und richtete ihn mit ausgestrecktem Arm gegen Rhaankg.

„Kommen Sie nicht näher und runter auf den Boden!", brüllte er.

„Aber wer wird denn ...", stammelte Rhaankg.

„Sie sollen sich auf den Boden legen! Wird's bald?"

Rhaankg vermutete, dass er dem Ding in Toms Hand besser nicht zu nahe kam, ging darum vorsichtshalber in die Knie und legte die Keule ab, die Tom mit dem Fuß beiseite stieß.

„Lass mich erklären."

„Das wird das Mindeste sein!", rief Tom, nestelte am Funkgerät und behielt Rhaankg dabei im Auge. „Wie sind Sie hier hereingekommen?"

„Das soll uns erst einmal nicht weiter interessieren."

„Oh doch. Mich interessiert das sehr wohl. Schließlich bin ich hier der Wachmann, und kann es nicht dulden, dass hier einfach jemand hereinspaziert ..."

„... spaziert bin ich keineswegs ..."

„... hereinspaziert, als sei das hier eine öffentliche Toilette! Und ich will Ihr Gesicht auf dem Boden sehen!"

Rhaankg legte sich flach hin. Sein Auge zuckte stärker. Im Funkgerät knackte es.

„Ja, Tom?"

„Günther? Bist du das?"

„Ja, ja. Frag nicht so blöd. Was gibt´s?"

„Bitte um polizeiliche Unterstützung. Ich habe einen Eindringling gestellt."

„Wir sind auf dem Weg."

Tom steckte das Funkgerät weg.

„So, die werden in wenigen Minuten da sein. Und Sie rühren sich nicht. Das Ding hier hat ordentlich Saft."

„Kennst du das hier, Tom?", keuchte Rhaankg.

In seiner rechten Hand war ein Gegenstand aufgetaucht. Blitzschnell fixierte Tom den Unterarm des Kerls mit seinem Fuß und nahm den Gegenstand an sich. Es war ein Probenröhrchen. Tom starrte es an.

„Wo haben Sie das her?"

„Könnten wir das nicht auch einmal außer Acht lassen?"

„Das ist nicht möglich", flüsterte Tom.

„Ich würde es dir ja gerne erklären, aber von hier unten spricht es sich so schlecht."

Auf dem Röhrchen stand das aktuelle Datum. Tom drückte Rhaankg den Schocker an den Hals.

„Wie lange sind Sie schon hier? Ach was, Sie können nicht länger als ein paar Sekunden hier sein, und dieses Röhrchen habe ich ganz sicher gerade erst eingefroren."

Rhaankg lächelte so befreit, wie es ihm in seiner Lage möglich war.

„Dann bist du es."

„Wie bitte?"

„Das ist es ja, was ich dir erklären will. Ich komme aus einer anderen Zeit, und es hat eine kleine Ewigkeit gedauert, bis ich dich gefunden habe", sagte Rhaankg.

„Was?"

„Also, da waren zunächst diese Kühe, doch die waren viel zu früh. Dann diese Wissenschaftler, die waren zu spät.

Dann war ich auf der Station, habe den Hinweis auf den Spender erhalten, und jetzt bin ich hier. Nimm doch bitte deinen Fuß und dieses Ding da weg."

„Was?"

„Diese Maschine ist nicht so leicht zu bedienen, wie es scheinen mag", erklärte Rhaankg mit einem verdrehten Blick auf die Keule, die zwei Schritte von ihm entfernt lag, „aber inzwischen komme ich schon ganz gut damit zurecht, wie ich meine."

„Was?"

„Wir könnten sofort aufbrechen. Ich müsste sie nur noch einstellen."

„Wohin wollen Sie denn mit mir aufbrechen?", fragte Tom. Es konnte nichts schaden, etwas mehr über diesen seltsamen Kerl in Erfahrung zu bringen.

„Du kommst natürlich mit zur Party?"

Erwartungsvoll hielt Rhaankg die Luft an.

„Ich komme wohin mit?"

Rhaankg atmete schwer aus.

„Verdammt, du willst nicht."

„An und für sich habe ich nichts gegen Partys."

„Großartig! Wenn du wüsstest, was wir für eine lustige Feier für dich geplant haben, mit gutem Essen, sehr, sehr berauschenden Getränken, mit Frauen ... Na, du wirst es ja selbst sehen."

„Mit Frauen?", fragte Tom. „Mit alleinstehenden Frauen?"

„Was soll das denn sein?", fragte Rhaankg.

„Das sind solche, die keinen Ehemann ..."

Er stockte, denn Rhaankgs Augen waren mit einem Male voll mit Fragezeichen, und eins dieser Augen zuckte dazu bedenklich.

„Warum sollte ich mit Ihnen auf eine Party gehen?"

„Nun, alle dort warten nur auf dich. Und es sind alles deine Nachkommen."

„Da hör sich einer diesen Unsinn an!"

„Ich denke, das solltest du wissen, wenn du auf dieser Party erscheinst. Es besteht ein gewaltiger Unterschied zwischen einer unter vielen oder der Eine zu sein."

„Wo ist denn diese sagenhafte Feier?"

Rhaankg lächelte und nieste.

„Ich würde sagen, sie ist weniger irgendwo, sondern eher irgendwann, weniger um die nächste Ecke, als hinter jeder Menge Krümmungen und anderem Zeug."

„Was für ein Zeug?"

„Da fragst du besser Grondil, wenn wir erst einmal da ..."

Tom kniff ein Auge zu.

„Ah ..."

Sie schwiegen.

Aus dem Untergeschoss drangen Geräusche zu ihnen. Tom nahm den Fuß von Rhaankgs Arm.

„Liegen bleiben!", befahl er und ging zur Labortür.

„Ich bin hier oben!", rief er. Schritte waren auf der Treppe zu hören.

„So, das wird Ihnen eine Lehre ..."

Er drehte sich zu Rhaankg um, der mit der Keule direkt vor ihm aufragte und ihm mit einer knappen Bewegung seiner riesigen Hand den Schocker entwendete.

„Ich kann nicht zulassen, dich nach der ganzen Suche wieder zu verlieren. Bitte entschuldige", lächelte er und berührte den erstarrten Tom ganz leicht an der Schulter, um ihn in eine günstige Position zu drehen.

129 n. Tom

Längst war Beate Kling überzeugt, dass sich etwas Schreckliches ereignet haben musste, etwas, was von keinem Experten vorausgesehen worden war. Darum rechnete sie auch nicht mehr damit, dass das Shuttle eintreffen würde. Eine gute Woche war vergangen seit jenem Gespräch mit Dr. Benedikt. Selbst wenn das Shuttle lediglich abgetrieben war, so war es nicht auf eine Reise dieser Länge eingerichtet. Die Insassinnen wären längst erstickt oder verdurstet. Ihr war etwas mulmig, denn wenn niemand kommen würde, für den sie Sachen wegräumen, Essen herrichten oder Räume abscannen konnte, dann gab es nicht viel für sie zu tun. Innerhalb weniger Stunden wäre alles erledigt. Sie hätte dann sehr viel Zeit. Viel zu viel Zeit! Alle Zeit der Welt. Für alle Zeit der Welt war sie nicht ausgebildet worden.

Um auf andere Gedanken zu kommen, war sie durch den kleinen Vergnügungspark gestreift, war mit einer der Miniatureisenbahnen gefahren, hatte ein bisschen mit einem Lasergewehr geschossen, aber nichts von all dem hatte sie beruhigen können. Auch der Abstecher in den Gemüsegarten hatte sie nicht zerstreut. Für wen sollte sie hier noch etwas anpflanzen? Die Lebensmittelvorräte in der Lagerhalle würden sie allein hundertmal ernähren. Klar, sie könnte immer und immer wieder alles ordnen. Sie könnte selbst Unordnung schaffen, weit mehr, als für gewöhnlich ein Mensch Unordnung schafft, aber das ging gegen ihre Natur. Es würde sie krank machen. Es hätte keinen Sinn. Nur für sich selbst brauchte sie nur einen Bruchteil an Raum in der Station. Sie könnte den Rest absperren oder einfach nicht mehr betreten, und es würde dort dann keinerlei Arbeit anfallen. Nur den Bereich, den sie selbst bewohnte, müsste sie dann bearbeiten. Noch mehr Zeit würde ihr zur Verfügung stehen.

Plötzlich fühlte sie sich unendlich leer. Sie würde hier oben verkümmern, sie würde vereinsamen. Hätte man ihr doch Enceladus gelassen. Die Katze würde sie mit ihrer bloßen Anwesenheit vor Depressionen bewahren. Beate Kling ahnte, dass solche Depressionen kommen würden. Sie sah sich bereits in tiefster Niedergeschlagenheit die Station über die Schleuse verlassen. Sie sah sich erstickt und erfroren dort draußen treiben. Was für eine hässliche Vorstellung. Sollte es soweit kommen, würde sie eher ein Schlafmittel nehmen. Sie könnte sich später auf die Suche danach machen. Aber jetzt wollte sie noch einmal alle Räume kontrollieren. Am Ende würde doch noch jemand kommen, und der sollte keine Möglichkeit haben, ihr Vorwürfe zu machen.

Ihr Such- und Kontrollgang führte sie in die Proliferationsabteilung. Hier gab es einen sehr angenehmen Raum. Er war kreisrund und cremeweiß. Es hingen dort einige sehr beruhigende Bilder in Blau-, Grün-, Gelb- und Erdtönen. Man konnte gedämpfte Musik oder beruhigende Geräusche abspielen. Ein paar Pflanzen standen an der Wand, und in der Mitte erstreckte sich ein riesiges Bett mit feinen, linnenen Laken bezogen. Wären die Urmütter gekommen, so hätte sie die Aufgabe gehabt, diese Laken nach ihrer Benutzung zu wechseln. Dazu hätte sie diesen Raum unter Aufsicht betreten dürfen. Außerhalb der Wechselzeit war ihr das Betreten natürlich auf das Strengste verboten. Angesichts ihrer Situation warf sie jedoch jegliche Bedenken über Bord. Sie war jetzt die Herrin der Station und somit auch dieses Raumes.

Um den runden Raum herum führte ein Gang, dessen Wände mit kleinen Klappen gespickt waren. Diese Klappen verbargen hunderte Fächer und darin das, was mit der Bestimmung der Station und der Urmütter auf das Engste verknüpft war. Es war dort nämlich ein ansehnlicher Bestand einer einzigen Samenbank verstaut. Gut gekühlt lagerten dort die Ejakulate tausender Männer! So war zumindest der Plan gewesen.

In diesem eisigen Zustand befanden sie sich schon viele Jahrzehnte. Lange Zeit war es nicht möglich gewesen, Sperma länger als zehn bis fünfzehn Jahre in diesem Zustand zu verwahren. Aber die Zeiten änderten sich, und als es möglich wurde, taten die Menschen es auch, weil sie ja immer alles tun, was machbar ist. Sie hatten seinerzeit die Produkte einer bestimmten Samenbank genommen und sie auf nahezu unbegrenzte Zeit konserviert. Das Erbgut späterer Generationen war dann aber wegen der fortschreitenden Degeneration nicht verwendbar gewesen. Und so war dieser Lagerbestand zum größten Schatz der Menschheit geworden. Die Rückversicherung für schlechte Zeiten.

Die Proben waren so hergerichtet worden, dass die Frauen sie selbst injizieren konnten. Um ihnen auch einen gewissen Lustgewinn zu verschaffen, musste die ausgewählte Spermaprobe in einen künstlichen Phallus gesteckt worden. Von diesen Phalli lagen für jede Urmutter mehrere zur Auswahl bereit. Die Urmütter hätten bestimmt ihre Freude damit gehabt.

Jetzt stand Beate Kling vor der Sammlung. Sie öffnete eine Klappe, um einen prüfenden Blick dahinter zu werfen. Eigentlich hatte sie ja nur noch einmal nach dem Rechten sehen wollen, bevor sie sich angesichts ihrer Perspektiven möglichst angenehm aus der Welt schaffte. Aber angesichts des gesammelten Spermas, das auch noch so handlich aufzubereiten war, angesichts ihres großzügigen Beckens und sich ihre drohende Einsamkeit wieder vergegenwärtigend, kam ihr langsam eine Idee.

Sie hob einen Phallus von der Ladestation und wog ihn in ihrer Hand. Es war ein Sensor daran, und als sie den leicht berührte, begann das Ding in ihrer Hand zu vibrieren und sacht hin und her zu kreisen. Dann fiel Beates Blick auf das Bett. Dann wieder auf das Ding in ihrer Hand. Was hatte sie zu verlieren? Nichts! Was hatte sie zu gewinnen? Alles! Sie könnte sich ihre Aufgabe selbst erschaffen. Sie könnte für Arbeit sorgen. Sie könnte Mutter, sie könnte Urmutter werden!

Sie öffnete eines der kleinen Fächer hinter der Klappe, entnahm die darin enthaltene kalt rauchende Probe und lud den Phallus damit, der unverzüglich mit der Auftauarbeit begann. Langsam schritt sie durch die Tür in den runden Raum und auf das Bett zu. Sie betätigte die Musikanlage, dämpfte das Licht ein wenig, streifte sich ihren Overall ab, und schob sich dann das surrende Ding dahin, wo es hingehörte. Und es war das allererste Mal, dass so etwas überhaupt mit ihr geschah.

An die Stelle des Labors trat etwas Unfassbares.

In erster Linie war es schnell, sehr schnell, eine rasend schnelle Gleichzeitigkeit, eine Situationsflut, ein Erfahrungscluster, eine lautlose, multidimensionale Explosion, eine Ereigniscollage. Das Kontinuum.

Jenseits seiner Zeitblase tobte die Welt. Tom war versucht, es mit einem Zeitrafferfilm zu vergleichen, aber es war viel schneller. Außerdem war er ein Teil davon und stand nicht bloß davor. Zudem war auch er selbst in Bewegung, rasend schnell wie alles außerhalb der Zeitblase glitt er durch diese flackernde Zauberbilderwelt.

Wenn er vorhin im Labor noch spitzbübisch seinen listigen Plan verfolgt hatte, wenn er daran dachte, was er alles hätte tun wollen, um seinem alltäglichen Einerlei zu entkommen, so übertraf dies hier seine kühnsten Erwartungen.

Mit seiner Idee, etwas Neues zu versuchen, hatte er eigentlich nur den Besuch einer neuen Pizzeria oder eine neue Frisur im Sinn gehabt. Er hatte gelegentlich damit geliebäugelt, ein anderes Auto zu fahren, eventuell wieder in eine andere Stadt zu ziehen oder sich mal wieder um ein paar Leute zu kümmern, von denen er behauptete, die seien seine Freunde. Auch einige Urlaubsorte waren ihm in den Sinn gekommen. Ja, selbst sein Vorsatz, den Müll vorschriftsmäßig zu trennen, schien ihm als Idee für eine Veränderung, für etwas Neues, bedeutsam genug. Sein Entschluss, die Spermaproben auszutauschen, hatte diese ersten Ideen verdrängt und ließ sich in Sachen Neuartigkeit scheinbar nicht mehr überbieten. Aber das hier? Außergewöhnlich! Er kannte niemanden, der das Kontinuum hatte schauen dürfen. Keiner hatte ihm jemals gesagt, dass das überhaupt möglich war.

Mit einem Mal fühlte er sich ganz klein, und etwas andächtig war ihm auch zumute. Seine Pläne wurden bedeutungslos, aber er fühlte sich gut. Rhaankg hatte nicht gelogen, wenn er behauptet hatte, dass es nicht mal eben um die nächste Ecke ginge, dass da ein Sprung nötig sei und was er sonst noch alles gesagt hatte. Gerade eben sah er ihn auftauchen. In einiger Entfernung stand er auf einem Weg.

Tom blickte sich um. Tatsächlich, Rhaankg stand auf einem Weg, einem Feldweg, um genau zu sein. Offenbar putzte er sich die Nase und sah auch sonst nicht sonderlich fit aus. Schon im Labor hatte er einen kränklichen Eindruck auf Tom gemacht, aber jetzt schien er um viele Phasen kränker zu sein.

Im Labor hatte Rhaankg in Keulenlänge von Tom entfernt gestanden, jetzt aber lagen wenigstens acht Schritte zwischen ihnen. Dabei schien es Tom, als würde er selbst im Boden versinken, Rhaankg hingegen in den Himmel wachsen. Erst als Tom eine Abbruchkante vor seinen Augen emporwandern sah, wusste er, was gerade passierte.

Wenn Rhaankg sich auf dem Feldweg materialisiert hatte und jetzt sogar die Zeitblase platzen ließ, so musste Tom zu seinem Entsetzen feststellen, dass seine Zeitblase offenbar etwas anderes vorhatte. Sie glitt an einer Felswand hinab, und wenn Tom nach unten sah, dann würde es noch ein wenig weiter abwärts gehen. Vor Schreck tat Tom etwas, was er besser nicht getan hätte. Er berührte die Zeitblase, die platzte sofort, das Abwärtssinken wurde zu einem Sturz, der auf einem Hang endete. Es folgte eine wilde Kugelei durch garstiges Gestrüpp. Ein Stein stoppte Tom. Ihm wurde schwarz vor Augen.

Doch was hatte Rhaankg überhaupt auf Toms Spur gebracht? Es kostete ihn kaum Mühe herauszufinden, was die
beiden Wissenschaftler am Kamin mit Raumstation gemeint
hatten, denn wohin er auch lauschte, es wurde über sie gesprochen. Inzwischen war er so vertraut mit der Bedienung
der Zeitmaschine, dass es nur eines Sprunges bedurfte, um
sie zu erreichen. Und dort, auf der Station, war Beate Kling
langsam auf den Geschmack gekommen.

Jede Woche hatte sie sich in den Raum gelegt. Sie empfand
es nicht nur als eine Lust, sondern als eine Pflicht. Immerhin war sie eine Frau. Vielleicht nicht so eine wie diejenigen, die ursprünglich dafür vorgesehen waren, aber was
diese Damen konnten, traute sie sich ebenfalls zu. Sie fühlte,
dass sie sowieso keine Wahl hatte.

Einige Monate später wölbte sich ihr Bauch, und sie wun-
derte sich darüber, worauf sie neuerdings Appetit hatte.

Noch ein paar Monate später, sie ordnete gerade ein paar
winzige Kleidungsstücke, setzten die Wehen ein. Beate
Kling dankte dem Himmel für ihr Becken, das einer viel
größeren Frau gut gestanden hätte. Die Geburt sollte daher
problemlos verlaufen.

Gerade als sich der Haarschopf des Kindes zeigte, materia-
lisierte sich Rhaankg im Gang vor der Tür des Raumes.
Durch die Zeitblase von den akustischen Ereignissen im
Raum größtenteils verschont, galt sein Interesse den ungeheuer vielen Klappen in den Wänden des Ganges, von denen eine sogar halb geöffnet war. Er konnte darin
zahlreiche Fächer erkennen. Auf den geschlossenen Klappen

sah er ein Zeichen, und er vermutete richtig, dass es ein Firmenzeichen war. Er hätte es zwar niemals Firmenzeichen oder gar Logo genannt, aber auch bei ihnen kennzeichnete man eigenen Besitz. Dieses Zeichen hier wies somit den Besitzer der Klappen und damit den Inhalt derselben aus. Um das Kleingedruckte

unter dem Zeichen erkennen zu können, wollte Rhaankg näher herangehen. Dazu ließ er die Zeitblase platzen. Unvermittelt war er dem vollen akustischen Programm im Nebenraum ausgesetzt.

Vorsichtig reckte er seinen Kopf um die Türlaibung gerade in dem Moment, als das Neugeborene aus dem Geburtskanal rutschte. Rhaankg warf es zurück auf den Gang, wo er den Anblick der verschwitzten Frau mitsamt ihres noch an sie gebundenen Säuglings in einem verschmutzten Bett zu verarbeiten suchte. Seltsame Gegenstände, deren Form ihn nicht nur an sein intimstes Körperteil, sondern jetzt auch in abstrakter Weise an den feldfruchtähnlichen Gegenstand in der Hand der Urmutterstatue erinnerten, waren ihm ebenfalls aufgefallen. Er hatte genug gesehen. Er verstand. Es war beileibe nicht das erste Mal, dass er einer Geburt beiwohnte, aber verdammt, hier lag die Urmutter, der Ursprung ihrer aller Dasein, das verehrte Wesen. Ihm wurde bewusst, welche Ehre ihm soeben zuteil wurde. Einen Moment erwog Rhaankg, die Urmutter selbst in seine Zeit mitzunehmen, verwarf diese Idee aber, denn seine Anweisungen dahingehend waren eindeutig. Er musste sich zusammennehmen und sich wieder seiner eigentlichen Mission zuwenden. Die Röhrchen aus den Fächern würden ihm dabei sehr von Nutzen sein. Er zog eins davon heraus und stellte trotz zitternder Hände Zeit und Ort an der Zeitmaschine anhand seiner Beschriftung ein. Er verschwand so ungesehen, wie er gekommen war, als das Kind zu schreien begann.

Beate Kling aber hatte ihren ersten Sohn geboren, wickelte ihn in eine der Windeln und nannte ihn Lutz. Er würde der erste einer neuen Generation sein, er würde die Weichen stellen, er würde diese neue Gesellschaf in eine strahlende Zukunft führen.

Nachdem sie sich selbst entbunden hatte, meldete der Neugeborene augenblicklich seine Bedürfnisse an, und Beate Kling fühlte sich zum ersten Mal seit einem Jahr wieder gebraucht. Enceladus war zwar nicht vergessen, aber auch nicht mehr ganz so wichtig. Der Teufel sollte sie holen, wenn sie die Holo-Gouvernante aktivierte. Sie brauchte eine Aufgabe, und die würde sie niemand anderem, und schon gar nicht einem künstlichen Wesen, überlassen.

381 n. Tom

Der Tag der Ankunft war gekommen. Kanzler Pembantu saß im Festsaal vor dem riesigen Käfig. Er steckte in seinem besten Gewand, hergestellt aus dem feinsten Stoff, den ihre Gesellschaft herstellen konnte. Das Gewand war knallgelb und so raffiniert geschnitten, dass Kanzler Pembantu es trotz seiner im Schulterbereich weit ausladenden Partien kaum spürte. Das Gewand bestand zu einhundert Prozent aus den gesponnenen und verwobenen Bauchnabelflusen seiner Untertanen.

Neben ihm hockte Genivev, die Überwacherin des Ritus, in einem dick aufgeplusterten rosa Tüllgewand. Ihre groteske Gesichtsbemalung lenkte von den Auswirkungen eines alkoholischen Getränkes ab. Sie fühlte sich gut.

Kanzler Pembantu hatte aus unterschiedlichen Quellen erfahren, dass Rhaankg wieder zurück sei und dass er keinen Mann in seiner Begleitung hatte. Der Schöpfer würde nicht im Käfig erscheinen.

Das war alles ganz schlecht.

Sein Kanzlerplan sah vor, dass er nicht nur die Suche nach dem Schöpfer in die Wege leitete, er musste auch derjenige sein, der ihm die Käfigtür öffnete, er musste derjenige sein, der ihm zuerst die Hand schüttelte, und ja, er musste derjenige sein, der dem Schöpfer sein Lager zuwies. Nur dann würde er im Buch der Geschichte erscheinen, und nur dann konnte er diese Geschichte so beeinflussen, dass sie gut klang. So hatte er es sich jedenfalls ausgedacht. Nächtelang hatte er an einem Stammbaum gebastelt. Sicher, alle anderen waren ebenfalls Nachfahren dieses Schöpfers, aber warum sollte er nicht versuchen, ein paar Informationen in Umlauf zu bringen, nach denen eben nicht alle so direkte Nachfahren des Schöpfers seien? In seiner Position konnte man so etwas tun.

„Makut!"

„Du hast gerufen?"

„Ist der Schöpfer wirklich nicht mitgekommen?"

Makut trippelte von einem Bein auf das andere.

„Makut!"

„Rhaankg sagt ja, aber der Schöpfer scheint verschwunden zu sein."

„Was soll das heißen!", donnerte Kanzler Pembantu.

„Nun, er sei wie vom Erdboden verschluckt, sagt Rhaankg."

„Dann finde ihn. Auf der Stelle!"

Makut wollte sich davontrollen.

„Und wo ist Rhaankg?"

„Also der steht auf dem Marktplatz und ..."

„Und?"

„Also er steht da und lässt sich begaffen."

„Er tut was?"

„Also anders kann man das nicht nennen. Er steht da, schwingt seine Keule ..."

„Seit wann ist das seine Keule!", brüllte Kanzler Pembantu.

„Er schwingt also die Keule, beantwortet Fragen, lässt sich anfassen und auf die Schultern heben, man gibt ihm zu essen, er dreht sich vor den Mädchen ..."

„... dreht sich vor den Mädchen? Das muss sofort aufhören! Schaff ihn hierher. Schaff ihn, die Keule und den verdammten Schöpfer hierher, und zwar dalli! Und bring auch all diejenigen mit, die eigentlich schon längst hier sein sollten!"

„Sie haben vom Verschwinden des Schöpfers erfahren und hielten es darum nicht für nötig, hier vor einem leeren Käfig …"

„Raus! Du weißt, was zu tun ist!"

Makut trollte sich und dachte sich seinen Teil über den Kanzler. Es war ein ganz, ganz dunkler Teil, und der war durchtränkt von Gift und Galle.

Ein verschollener Schöpfer war sogar noch schlimmer als diese Sache mit dem Nicht-im-Käfig-Sein. Ein verschollener Schöpfer würde Pembantus Glaubwürdigkeit extrem herabsetzen und stellte so seine Macht in Frage. Es gab nichts Schlimmeres, als bei seinem Volk als Lügner dazustehen. Schön, lügen war ein legitimes Mittel, aber man durfte es sich nicht nachweisen lassen. Diese Situation aber konnte als Lüge verstanden werden, obwohl Kanzler Pembantu tatsächlich nichts für die Entwicklung der Dinge konnte. Trotzdem bekam er Angst. So, wie die Dinge jetzt lagen, stromerte dieser Schöpfer vielleicht irgendwo durch die Gegend, redete mal mit diesem, mal mit jenem und plauderte bestimmt so nebenher Dinge aus, die Kanzler Pembantu lieber zuerst gehört hätte.

Er musste jetzt sehr vorsichtig handeln. Vielleicht musste er sogar so tun, als sei das alles ein Teil seines Kanzlerplans gewesen. Aber dafür hatte er sich vor Makut zu sehr hinreißen lassen.

Ich bin ein Idiot, dachte er jetzt. Wenn du weiterhin so unbeherrscht bist, dann hast du es gar nicht verdient, dieses Amt zu bekleiden. Makut und ein Haufen anderer warten doch nur darauf, dass dir solche Fehler passieren. Er warf einen verstohlenen Blick auf Genivev, die ihm etwas zu zuversichtlich lächelte.

„Mama?"

Beate Kling setzte sich gerade soweit in ihrem Bett auf, wie es ihr mit ihrem angeschwollener Bauch bequem war. An der Tür stand ihr erster Sohn und blickte auf seine Füße.

„Was ist, Lutz?"

„Mama, ich mag Saskia."

„Das ist schön, Lutz."

Beate Kling ließ sich zurück in die Kissen sinken.

„Mama?"

„Ja?"

„Ich mag Saskia sogar sehr."

„Freut mich zu hören."

„Mama?"

„Ja, Lutz!"

„Saskia geht es nicht gut."

„Was ist mit ihr?"

„Sie übergibt sich ... schon wieder."

„Seit wann geht das schon so?"

„Ich weiß es nicht genau ... vielleicht seit einer Woche ... vielleicht auch schon länger. Vor allem morgens. Liegt das daran, dass sie so viel durcheinander isst?"

Beate Kling stemmte sich erneut in ihrem Bett hoch und schaute ihren Sohn scharf an. Irgendwie sah er immer so aus, als hätte er etwas ausgefressen.

„Wie sehr magst du Saskia, sagtest du?"

„Ich mag sie sehr gerne."

„Ihr habt euch in den Arm genommen?"

Der Junge nickte.

„Und das habt ihr öfter gemacht?"

Der Junge nickte heftiger.

Beate Kling ahnte etwas.

„Wie oft habt ihr so zusammengesteckt?"

„Zwei, drei Mal ... am Tag."

Beate Kling wusste Bescheid.

„Mama?"

„Ja?"

„Wird Saskia wieder gesund?"

„Wo ist sie jetzt?", fragte Beate Kling.

„Auf der Toilette."

„Dann schick sie mir, wenn sie zurück ist. Und mach dir keine Sorgen."

Lutz verschwand, und Beate Kling sank zurück in ihre Kissen.

Da ist es also passiert, dachte sie. Lutz war jetzt sechzehn Jahre alt, und Saskia ein Jahr jünger. Saskia war sehr ansehnlich, und Lutz war es auch. Spätestens als sich das alles abzeichnete, hätte Beate Kling Vorkehrungen treffen müssen. Aber in der ganzen Zeit hatte sie es nicht geschafft oder für nötig gehalten, die Kinder, die sich inzwischen auf der Raumstation herumtrieben, über ihre Herkunft oder einige andere genauso wichtige Dinge aufzuklären. Es kam ihr vor, als sei es erst gestern gewesen, dass Lutz auf allen vieren durch die Flure der Raumstation gekrabbelt war. Es war so putzig gewesen, wie er um die Ecken geblickt hatte, bevor er einen neuen Gang eroberte. Dabei war Beate Kling ihm mit Mutterstolz gefolgt, und hatte ihn von gefährlichen Stellen ferngehalten, die es in der Station zu Hauf gab. Schließlich war die Station vollgestopft mit Elektronik. Sie hatte ihn ermutigt, hatte viel mit ihm geredet, aber eben nicht über wirklich wichtige Dinge. Sie hatte ihm kleine Geschichten erzählt, die sich vor allem um die großen Raumpflegerinnen der Vergangenheit drehten. Wilde Abenteuer erlebten diese Frauen im Kampf mit den Schmutzmonstern, bis sie ihre Prinzen in Gestalt Latzhose tragender, glatzköpfiger Hünen aus den Fängen eben dieser Monster oder aus einem schmutzigen Verlies befreien und über die Schwellen ihrer Häuschen tragen konnten. Ja, sie waren alle glatzköpfig, diese Prinzen, denn Beate Kling waren haarige Männer ein Gräuel.

All ihren Kindern erzählte sie diese Abenteuer. Die meisten schliefen sofort ein, was Beate Kling nur recht war, denn dann hatte sie wieder etwas Zeit für die Station und sich selbst. Ihr drittes Kind Heinrich hingegen hatte wie gebannt an ihren Lippen gehangen und verlangte ständig nach mehr und anderen Geschichten, bis Beate Kling ihr Potential erschöpft sah. Um den Kleinen nicht zu enttäuschen, stöberte sie im Lernprogramm, um ihre Geschichten anzureichern, zu erweitern, etwas flotter zu machen. Ihre selektive Suche nach Einbaumaterial verstellte ihr den Blick auf alle anderen Zusammenhänge im Lernprogramm, so dass ihr das Wenige, was in ihrer Situation überhaupt wissenswert gewesen wäre, fast ohne Verknüpfung im Gedächtnis haften blieb.

Sie wusste inzwischen, wie es war, Kinder zu bekommen. An die Möglichkeit, dass diese Kinder eines Tages Gefallen aneinander finden könnten, hatte sie zwar gedacht, aber sie hatte es mit einer gewissen Vorfreude getan. Und nun war passiert, was einer Urmutter würdig war. Ihr erster Sohn Lutz hatte, wie Beate Kling irrtümlich glaubte, seine Halbschwester geschwängert! Und das mit gerade sechzehn Jahren. Eine tolle Leistung. Sie selbst hatte erst viel später …

Ein Schauder lief ihr über den Rücken. Das Wenige, das beinahe ohne Verknüpfung in ihrem Gedächtnis haften geblieben war, hatte sich unvermittelt in den Vordergrund geschoben, und darum raffte sie sich auf und schleppte sich zu einem der Lernterminals. Irgendetwas hatte da drin gestanden. Sie hatte nicht den blassesten Schimmer von Vererbung oder Populationsgenetik. Auf der Erde hatte es genau um solche Dinge eine ganze Wissenschaft gegeben. Spezialisten hatten sich um die Vererbung und die Proliferation der menschlichen Gemeinschaft gekümmert. Niemand war sorglos damit umgegangen. Es hatten sich sogar nur bestimmte Menschen fortpflanzen dürfen.

Der Inhalt einer Datei flammte auf dem Monitor auf. Dort stand es grell rot auf grell gelb. Männliche Nachkommen durften sich erst mit ihrem dreißigsten Lebensjahr fortpflanzen. Lutz war viel zu früh dran! Saskia hätte allerdings gedurft, aber nur mit den Stäben. Diese grundlegende Regel hatten die Verfasser des Programms sicher nicht umsonst aufgestellt und so unübersehbar gestaltet.

Wären die auf der Station lebenden Kinder wie geplant aus den Schößen der Urmütter gekrochen, so hätte sich sicher jemand an diese Regel erinnert. Die Urmütter waren in dieser Hinsicht schließlich geschult. Mathilda, jünger als Saskia, könnte das nächste Ziel von Lutz werden. Er war aber noch nicht im richtigen Alter für so etwas. Beate Kling würde Lutz den ungezügelten Umgang mit seinen Halbschwestern vorerst verbieten müssen. So konnte sie Schlimmeres verhindern. Hoffentlich ging mit diesem Kind alles gut. Aber was, wenn es nicht ganz gesund war? Was, wenn es nicht ganz richtig im Kopf war? Was, wenn es extrem grausam oder gefühlskalt war oder nur aus einem Rumpf bestand? Die Gemeinschaft würde sich darum kümmern müssen, und hier auf der Station gab es nur sie selbst und ihre Kinder. Im Moment fühlte sie sich überfordert. Aber

sie nahm sich vor, ihre Kinder in den Gebrauch des Lernprogramms einzuführen.

381 n. Tom

Als Tom erwachte, blickte er in ein freundliches, faltiges und großes Gesicht.

„Sie sind der Schöpfer, richtig?", fragte das Gesicht.

„Wenn Sie darauf bestehen, bleibt mir wohl keine Wahl."

Tom lag in einem riesigen Bett. Sein Kopf schmerzte.

„Sie sind es, da bin ich mir jetzt ganz sicher", sagte das freundliche Gesicht und trieb seine Freundlichkeit auf die Spitze, indem es lächelte. „Gut, dass Sie so klein und leicht sind, sonst hätte ich Sie nicht hierher bringen können bei meinem Alter."

„Verstehe", meinte Tom.

„Sie hätten tot sein können nach ihrem Sturz."

Tom setzte sich im Bett auf. Dabei rutschte ihm ein feuchtes Tuch von der Stirn in den Schoß. Das Bett stand in einem hellen Zimmer, die Gardinen vor den Fenstern blähten sich in einer sanften Brise, und auf einem Tisch stand eine Schale mit Obst. Tom drückte sich das feuchte Tuch an den Kopf.

„Erzählen Sie mir ganz genau, wie es war, als die Blase platzte, und auch, was Sie dabei empfunden haben", fuhr der Mann fort. Er setzte sich auf einen Stuhl.

„Auch hier bleibt mir offenbar keine Wahl, wie?"

„Entschuldigen Sie, vielleicht sollte ich mich zunächst vorstellen. Ich bin Grondil, und ich bin der Vereinsvorsitzende", sagte Grondil. Er streckte Tom seine bratpfannengroße Hand entgegen.

„Der Vereinsvorsitzende?"

Grondil nickte sanft.

„Momentan bin ich auch Leiter des aktuellen Projektes, dessen Gegenstand Sie sind. Aber hauptsächlich bin ich der Vorsitzende des Vereins für die Aufdeckung von Informationsverschleierung. Wir beschäftigen uns mit dem, was uns die Dateien erzählen, und dann mit dem, was wir in unserer Umgebung tatsächlich vorfinden."

Tom glotzte ihn an.

„Die Dateien?"

„Das ist eine sehr ernsthafte Beschäftigung. Ohne sie gäbe es das alles gar nicht."

Er wies flüchtig auf die Vorhänge, hinter denen wohl das Ergebnis dieser ernsthaften Beschäftigung wartete.

„Andere bauen Modellmobile, und wir machen eben das. Außerdem stehen wir dafür ein, dass unser Anliegen bekannt wird in der Bevölkerung."

„Um was genau geht es in Ihrem Verein?"

„Nun, wie gesagt untersuchen wir das Lehrmaterial und vergleichen es mit dem, was es beschreibt, denn wir haben dem Lehrmaterial nicht mehr getraut. Es traten zu viele Widersprüche auf. Vor über zweihundert Jahren haben wir angefangen damit, das Lehrmaterial als Arbeitsanweisung zu nutzen. Und denken Sie nur, wir finden noch immer Widersprüche, obwohl wir schon etliche behoben haben."

„Ich verstehe nicht."

„Sehen Sie: Im Lehrmaterial stand beispielsweise, dass alle Blumen blau sind. Unser Verein hat allerdings nachweisen können, dass es auch rote Blumen gibt, ja sogar gelbe und weiße. Auch die Sache mit den drei Vögeln war nicht richtig im Lehrmaterial dokumentiert."

„Die drei Vögel?"

„Der Vogel des Nordens, des Südens und des Westens! Es gibt aber auch noch den Vogel des Ostens, und er ist hellgelb mit einem schwarzen Augenstrich und hellbraunen Beinen. Ich habe ihn selbst gesehen. Er macht tiwititt-tiwititt … Das musste man den Leuten doch sagen! Am Ende haben wir das alte Lehrmaterial zum größten Teil überarbeitet und umgeschrieben."

„Haben Sie denn auch etwas übernehmen können?", fragte Tom.

„Ja doch, ja doch. Die Sonne dreht sich um die Erde. Außerdem glauben wir, dass die Schöpfung mit unserem Erscheinen hier ihren Endpunkt erreicht hat. Ich vermute allerdings, dass wir noch ein paar andere Zusammenhänge im Lehrmaterial finden werden, die stimmen."

„Da haben Sie sich ja was vorgenommen", meinte Tom und drückte eine kühle Stelle des Tuches an seinen Kopf. „Die Dinge liegen aber etwas anders, als Sie es bisher herausgefunden haben."

„Wie ich schon sagte, andere bauen Modellmobile … wieso liegen die Dinge anders?"

„Meines Wissens gibt es wesentlich mehr Vogelarten als nur vier. Und die Sonne dreht sich nicht um die Erde."

Grondils Augen zogen sich zu Schlitzen zusammen.

„Hab ich es mir doch gedacht", zischte er und beugte sich vor. „Die Verschleierung reicht noch weiter, als uns bewusst ist. Seit Jahren mahne ich, auch unsere Ergebnisse kritisch zu bewerten. Und jetzt kommen Sie und erklären sie für nichtig. Können Sie Ihre Theorien am Ende sogar beweisen?"

„Nun", begann Tom, „meines Wissens hat ein Herr namens Kepler bewiesen, dass die Erde um die Sonne kreist, weil nur so die seltsamen Bewegungen des Mars zu verstehen seien."

„Sie meinen Johannes Kepler?", rief Grondil aufgeregt. „Der hat doch gar nichts damit zu tun. Der hat doch nur die Zahl der Insektenbeine auf sechs Stück festgelegt."

„Also, das soll einem anderen Herrn namens Galilei aufgefallen sein."

„Da hol mich doch der Teufel!", rief Grondil aufgebracht.

„Sie können es selbst beobachten", meinte Tom.

„Dann kreist der Mond wohl auch nicht um die Erde, wie?"

„Doch, doch. Als ich geboren wurde, sind wir bereits auf dem Mond gewesen. Ich weiß nicht, ob Sie schon dorthin geflogen sind, aber wenn Sie so fragen, glaube ich nicht, dass sie es geschafft oder überhaupt versucht haben. Wir sind jedenfalls dort gewesen, auch wenn es Leute gibt, die den ersten Schritt in jene Wüste bezweifeln. Dieser erste Schritt sollte nicht der letzte bleiben. Wir konnten die Erde aus der Entfernung betrachten. Sie ist kugelrund."

„Was kommt noch?", schrie Grondil. „Am Ende sind unsere Bemühungen völlig nutzlos!"

Er sprang von seinem Stuhl und lief erregt im Zimmer umher.

„Und die Vögel! Was ist jetzt mit den Vögeln?"

„Zu meiner Zeit soll es mehrere tausend Vogelarten gegeben haben ..."

„Da hör sich das einer an!", rief Grondil mit zum Himmel gereckten Händen.

„Selbst vor meiner Haustür waren es bestimmt mehrere hundert."

„Wir sind tagelang, was sage ich, wochenlang umhergestreift und haben nur die drei gefunden, von denen ich sprach. Den vierten habe nur ich gehört und lediglich einen flüchtigen Blick auf ihn selbst erhascht. Das muss aber noch von anderer Seite bestätigt werden."

„Die Vögel meiner Zeit waren über die ganze Erde verteilt. Sogar im ewigen Eis lebten welche."

„Was ist denn ewiges Eis?"

Tom erklärte es ihm, und Grondils Augen weiteten sich.

Diese Menschen hatten sich bisher nicht weiter als mehrere Tagesreisen von ihrer Siedlung entfernt. Tatsächlich lebten in diesem Areal auch nur diese vier Vogelarten. Es hätte auch nichts gebracht, dass sie sich weiter entfernte Ziele gesteckt hätten, denn auf der Erde gab es jetzt wirklich nur noch diese vier Vogelarten. Sie konnten sich die Reise also sparen.

„Man hat uns also nachweislich belogen. Wenn ich den in die Finger bekomme, der uns das angetan hat. Und einer hat uns das angetan, da bin ich sicher. Wie viel weiter könnten wir sein, wenn uns zu Beginn unserer Geschichte die Wahrheit erzählt worden wäre. Wenn ich den in die Finger kriege!"

Er krallte seine Finger um einen imaginären Hals. Dann warf er einen Blick auf Tom, stutzte, zückte eine Lupe, kam mit ihr sehr nahe an Tom heran und untersuchte irgendetwas an Tom genauer.

„Sehr interessant, was Sie da haben."

Tom blickte an sich herunter. Grondil hatte Gefallen an seinem Wachmannabzeichen gefunden.

„Haben Sie das selbst gefertigt?"

Er nieste.

„Entschuldigen Sie."

„Keine Ursache."

Grondil nieste erneut.

„So was ... aber sehr interessant. Wollen Sie vielleicht zu unserem Treffen kommen? Ihre Eindrücke während ihrer Reise könnten Sie dann auch den anderen mitteilen."

„Vielen Dank für die Einladung, aber ich bin quasi entführt worden und würde gern ein ernstes Wort mit diesem

Typ reden, dem ich dies zu verdanken habe", lehnt Tom mit Nachdruck ab.

Grondil starrte ihn an.

„Sie suchen Rhaankg?"

„Das meinte ich damit."

„Und wenn Sie für den Moment diese Geschichte einfach vergäßen?"

„Ich bekomme sie nicht aus dem Kopf", sagte Tom.

„Sicher, sicher, das ist eine ernste Sache. Sie sollen natürlich Gelegenheit bekommen, Rhaankg zur Rede zu stellen. Aber verstehen Sie bitte auch mich. Hier bietet sich mir die einmalige Gelegenheit, aus erster Hand etwas über unsere Frühgeschichte zu erfahren. Das, was Sie mir erzählen, fließt unmittelbar in unser Archiv ein. Wir ersparen uns so viel Arbeit. Ungefiltertes Material! Von nichts anderem habe ich öfter geträumt."

„Rhaankg erzählte auch etwas von einer Party, zu der ich erwartet werde", sagte Tom.

„Verdammt, Sie haben recht. Was habe ich mir nur dabei gedacht, Sie hier aufzuhalten? Ich muss mich entschuldigen. Aber als Sie mir auf der Suche nach dem vierten Vogel quasi aus dem Nichts vor die Füße rollten, da setzte offenbar etwas bei mir aus."

Er nieste erneut und zog jetzt ein riesiges Tuch aus der Tasche.

„Sie müssen zum Kanzler. Der wartet schon auf Sie. Ich führe Sie dorthin. Dürfte ich Sie aber zuvor um einen Gefallen bitten?"

„Worum geht es?"

„Da ich nicht weiß, wie sich die Dinge entwickeln werden, hätte ich gerne eine Haarprobe von Ihnen. Die wird meine Theorie bestätigen."

„Wenn es weiter nichts ist", sagte Tom.

„Ein Abstrich Ihrer Mundschleimhaut wäre auch toll", sagte Grondil.

„Kommt nicht in Frage", sagte Tom.

„OK, ok, die Haare werden genügen."

Grondil strahlte. Aus einer Kommode nahm er eine Pinzette, mit der er Tom ein paar Haare ausriss. Die Haare steckte er in ein Glasröhrchen.

„Sie glauben gar nicht, wie glücklich Sie mich damit machen", sagte Grondil. „Wenn es Ihnen recht ist, würde ich Sie jetzt gerne umarmen."

Tom ließ das geduldig über sich ergehen. Dann traten sie hinaus auf die mit großen Steinplatten gepflasterte Straße. Tom bemerkte, dass die Platten unter seinem Gewicht nachgaben.

„Hoppla, was ist das?", fragte er.

„So erzeugen wir einen Teil unserer Energie", erklärte Grondil. „Jeder Schritt drückt die Platten etwas hinunter und generiert damit etwas Energie. So etwas kennen Sie wohl nicht, wie?"

Grondil plapperte leutselig währen des gesamten Weges, wies auf die Errungenschaften ihrer Zivilisation hin, erklärte, dass sie mehrere Methoden zur Energiegewinnung entdeckt hätten, dass sie mit Hilfe dieser Energie Wasser in einen großen Tank pumpten, um es von dort wieder abzulassen, wenn mal nicht so viel Energie erzeugt werden konnte.

Als sie den großen Saal erreichten, hatten sich ihnen bereits weitere Menschen angeschlossen. Grondil hatte allen, denen sie begegneten, zugerufen, wer in seiner Begleitung war. Dabei wäre das gar nicht nötig gewesen, denn dass Tom aus einer völlig anderen Zeit kam, sah man ihm sofort an.

Er war mehr als einen Kopf kleiner als diese Menschen. Zunächst hatten sie einen gehörigen Abstand zu ihm eingehalten, weil niemand wusste, wie ein Wesen aus Vorzeiten reagieren würde. Sie erinnerten sich an den riesigen Käfig, den Kanzler Pembantu für nötig gehalten hatte. Erst als Grondil versicherte, dass der Schöpfer völlig harmlos sei, wurden sie zutraulich und umarmten Tom genau so ausgiebig, wie Grondil es schon getan hatte. Das war natürlich ein Fehler. Denn das daraufhin einsetzende Schniefen und Niesen hatte einen bestimmten, ja fatalen Grund. Tom hatte Grondil und all die anderen, die sich ihm so wie er genähert hatten, mit irgendetwas infiziert. Als sie den großen Saal erreichten, waren sie alle bereits todkrank, sie wussten es nur noch nicht, und darum interessierten sie sich für Dinge, die weniger brisant waren als ihre Infektion, wie beispielsweise Toms Wachmannabzeichen. Tom wurde wohl hundert Mal danach gefragt.

Als Grondil die Hand nach der Klinke des Eingangstores ausstreckte, schwang das Tor auf, und ein Mann stürzte heraus. Beinahe hätte er Tom umgerannt.

148 n. Tom

Einen Teufel würde er tun und sich an das halten, was ihm und allen anderen von Beate Kling, ihrer Mutter, vor nicht allzu langer Zeit eingeschärft worden war. Jetzt erst recht nicht! Sie sollten sich zurücknehmen, sollten warten, bis sie dreißig Jahre alt waren. Das Lernprogramm behaupte, dass die Kinder sonst nichts würden. Auch das Kind, das Saskia erwartet hatte, sei gefährdet gewesen. Alles Lügen!

Lutz hatte es gesehen, das Kind. Gerade eben hatte er es gesehen. Kerngesund war das brüllende Bündel Leben gewesen. Es hatte alle Finger, alle Zehen und schien Lutz damit verhöhnen zu wollen. Über ein halbes Jahr hatte er verplempert aus Angst, dass etwas Grauenvolles das Licht der Station erblicken würde.

Ab sofort würde er sich nehmen, was er wollte. Sein ganzer Körper war vollgestopft mit Chemikalien, mit Hormonen, vollgepumpt mit Säften aller Art, und die schrien nach Befreiung. Wenn er nur an Mathilda dachte. Wenn er nur einen Zipfel ihres Sackhemdes um eine Ecke verschwinden sah, wirbelten seine Chemikalien wild durcheinander und trieben es bunt, so dass ihm ganz wuschig im Kopf wurde. Die Sackhemden trugen sie alle seit der Belehrung durch Beate. Die Vorschriften verlangten das, hatte es geheißen, und so hatten sie ihre bisherige Kleidung gegen die Säcke hergeben müssen. Als ob diese Maßnahme seine Lust dämpfen könnte. Bei ein paar anderen nutzte sie ebenso wenig. Auch die waren voller Chemikalien und Hormonen und Säften.

Hinter einer geschlossenen Tür hörte er leise Gesänge. Dahinter würde Heinrich wieder zusammen mit ein paar anderen proben. Kein Tag verging, dass sie nicht eine Andacht zu Beates Ehren abhielten. Auch so ein Schwachsinn! Die wollten ihm nur den Spaß verderben. Und warum? Weil sie gar kein Gefühl für richtigen Spaß hatten. Also sollten andere auch keinen haben. Nicht mit ihm!

Zornig bog er um eine Ecke des Ganges. Hier roch es nach Desinfektion. Weiter hinten lag die Proliferationsabteilung. Da durften die Mädchen sich mit den Stäben vergnügen. Die mussten nicht bis zum Dreißigsten darauf warten. Die durften schon, wenn sie das erste Mal geblutet hatten. Eine richtige Zeremonie wurde dann veranstaltet. Heinrich war da sehr einfallsreich. Sie durften dann auch die Säcke ausziehen. Heinrich nannte das Ganze Weihung, Lutz nannte das säckeln. Lieder wurden gesungen, tolles Essen wurde herbeigetragen. Denen würde er einen Strich durch ihre Rechnung machen. Bis hierher und nicht weiter!

Lutz warf einen Blick auf die Leuchte neben der Tür. Offenbar war die Proliferationsabteilung im Moment nicht belegt, denn sonst würde die Leuchte violett strahlen. Trotzdem musste er vorsichtig sein, denn dass sie nicht belegt war, bedeutete nicht, dass nicht jeden Moment eine dort hineinschlüpfen könnte. Von solch einer durfte er sich nicht erwischen lassen, denn die, die dort hineingingen, gehörten alle zu Heinrich und würden verraten, dass er sich hier herumtrieb.

In der Luft hing mit einem Male der Duft von Blumen und Gewürzen. Er näherte sich dem Gewächshaus. Hier hieß es noch einmal, vorsichtig zu sein, denn recht häufig wurden dort Früchte gesammelt. Lutz pirschte sich an die runde Scheibe in der Tür heran und warf einen schnellen Blick ins Innere des Gewächshauses. Niemand da. Eine rasche Kehrtwendung und er war wieder auf seinem Weg.

Am besten, ich schließe mich mit den paar anderen zusammen, die auch nicht mit diesen Regeln einverstanden sind, und dann nennen wir uns Lutziner, dachte er. Das würde ein Spaß werden! Wenn Heinrich seine Andachten hält, zeige ich den anderen Jungs, wie man selbst die Mädchen zum Säckeln bringt, die es vorher nicht wollten. So machen wir Heinrich eine nach der anderen abspenstig, und dann würden sie sehen, was diese Regeln wert sind. Außerdem wäre die Heimlichtuerei dann nicht mehr nötig. Sie wären dann bald in der Überzahl.

Lutz schob eine Tür beiseite, vergewisserte sich, dass er nicht beobachtet wurde, und schlüpfte in einen dämmerigen Raum. Hier drinnen stand ein Bett. Nicht so breit, wie das in der Proliferationsabteilung, aber bequem genug. Auf dem Bett lag Mathilda. Ihre roten Haare umflossen ihren Kopf. Sie lächelte Lutz an. Mathilda wusste bereits, wie gesäckelt wurde.

Rhaankg ließ sich keinesfalls auf dem Marktplatz begaffen, wie Makut es behauptet hatte. Nein, Rhaankg war verzweifelt. Er hatte den Schöpfer verloren. Ganz plötzlich war das geschehen, und er wusste nicht, wie. Jetzt stand er hier und schilderte seine Situation.

„Erzähl noch einmal, wie das gewesen ist?", fragte einer.

„Also ich stieß auf den Schöpfer, als er gerade ..."

„Und er hat dich wirklich auf den Boden gezwungen?"

„Er war in einer angespannten Situation."

„Aber auf den Boden ... das hätte nicht zu sein brauchen."

„Und dann sind die Männer gekommen?"

„Ja, dann sind die Männer gekommen, und ich hatte keine Zeit mehr zu ..."

„Sollte der Schöpfer nicht in einem Käfig erscheinen?"

„Das ist es ja gerade, was mich so stutzig macht", knirschte Rhaankg. „Ich hätte mit ihm zusammen dort ..."

„Das sagtest du doch schon."

„Ich habe alles schon einmal gesagt!", brüllte Rhaankg und hustete. „Von euch will ich nur wissen, ob ihr ihn gesehen habt."

„Zeig noch mal die Sache mit der Keule", wurde er aufgefordert, und Rhaankg ließ sie genervt durch die Luft schwingen.

„Er war wohl doch nicht der Richtige, um den Schöpfer abzuholen", hörte er hinter sich jemanden flüstern.

„Ich bin sehr wohl der Richtige gewesen!", brüllte Rhaankg.

„Aber der Schöpfer ist verschwunden, oder?"

„Ja, zum Teufel, er ist verschwunden. Habt ihr etwas davon mitgekriegt?"

„Und? Wie sind die Mädchen in der Vergangenheit?", fragte ein Mädchen. „Sind sie hübsch?"

Rhaankg atmete tief durch. Mit diesen Dingen war er in der vergangenen halben Stunde genervt worden. Wie war es dort, sind die Mädchen hübsch, er hat sich verändert, aber ja, sieh doch, sein Arm ist viel dicker geworden, das hat die Keule gemacht, ich werde mir auch so eine Keule besorgen, es gibt nur diese, hast du schon eine feste Freundin, wie ist der Schöpfer denn so, er scheint auch abgenommen zu haben, seht, wie leicht er geworden ist, und wie seine Nase läuft, wie viele Mädchen sind denn dort sehr hübsch, kann man dort auch gutes Essen bekommen, ich glaube ja nicht, haben die jungen Mädchen denn auch schöne Waden?

So ging es jetzt die besagte halbe Stunde, und Rhaankg musste zwischendurch immer mal wieder die Sache mit der Keule machen.

„Könnt ihr jetzt endlich vernünftig werden!", schrie er.

„Also, ich werde ganz sicher keine solche Reise machen, denn wie ihr seht, vergisst man seine Erziehung dabei", meinte einer.

„Dich würden sie doch auch gar nicht auf solch eine Reise schicken."

„Trotzdem würde ich, selbst wenn man mir die Welt verspräche, diese Reise nicht antreten, wenn ich dabei meine gute Erziehung aufs Spiel setzen müsste."

Rhaankg hatte genug. Er drängte sich aus dem Kreis der Umstehenden.

Heinrich stand vor einer großen Entscheidung. Das Werk, das heilige Werk, das er vor vierundzwanzig Jahren begonnen hatte, würde vollendet werden.

Damals hatte er ein Gelübde abgelegt, das ihn dazu verpflichtete, bis zu seinem dreißigsten Geburtstag seine Triebe in Zaum zu halten. Das war nicht leicht gewesen, vor allem in den vergangenen sechzehn Jahren nicht. Aber er hatte durchgehalten. Geholfen hatte ihm sein eiserner Wille, aber auch seine Ehrfurcht vor dem Wesen, dem er selbst sein Dasein verdankte: Urmutter Beate.

Ihr Lebenswerk sollte mit seiner Person beginnend auf ewig geehrt werden. Er wäre der erste, der sich den Regeln gehorchend paarte. Dazu durfte er eine Partnerin wählen, und damit begannen seine Sorgen. Er wusste nicht, wen er wählen sollte.

Nach den Regeln musste seine Partnerin wenigstens zehn Jahre jünger als er selbst sein, aber trotzdem geweiht. Betty, die er wollte, war noch nicht geweiht, und Loretta, die er genauso wollte, war leider nur acht Jahre jünger. Jahrelang hatte Heinrich die Proliferation der jungen Mädchen überwacht. Niemand konnte es ihm verdenken, dass er gewisse Vorlieben entwickelt hatte.

Den Regeln gemäß hatten die in Frage kommenden Partnerinnen ihre Haarbänder in ein dafür vorgesehenes Gefäß, einen Putzeimer, geworfen. Heinrich hatte diese Haarbänder dem Gefäß, dem Putzeimer, entnommen. Es waren vier Bänder, die er nebeneinander vor sich auf den Tisch drapiert hatte. Eines davon musste er wählen, so verlangten es die Regeln. Sie zu brechen kam nicht in Frage, immerhin war er der Überwacher des Proliferationsprozesses. Die Aufgabe hatte er übernommen, da sein, wie er glaubte, Halbbruder Lutz eigene Wege gegangen war. Von Korinna stammte das gelbe Band, von Anja das grüne, Renate hatte ihr weißes in das Gefäß gelegt und Uriella ein türkisfarbenes. Unschlüssig zog Heinrich eins der Bänder aus der Reihe, nur um es genauso unschlüssig wieder einzureihen.

Anja war die hübscheste, hatte aber eine sehr unangenehme Stimme. Die hatte Renate zwar nicht, dafür gab es bei ihren Geburten immer Schwierigkeiten. Offenbar war sie nicht so günstig gebaut wie etwa Uriella, die aber in ihrer Hässlichkeit nur noch von Korinna überboten wurde. Heinrichs Schönheitsideal hatte viel mit den Proportionen seiner Mutter zu tun.

Türkis und gelb wischte er vom Tisch. So blieben nur noch zwei Schleifen. Grün und weiß. Grün oder weiß.

Hätte Lutz und seine Bande Lutziner nicht einen Großteil der Mädchen auf ihre Seite gelockt, dann hätte Heinrich jetzt mehr Auswahl. Diese Auswahl musste sich für die späteren Dreißigjährigen vergrößern, dachte Heinrich. Wenn ich jetzt mit im Spiel bin und die anderen bald auch, dann müssen wir uns gegen die Lutziner schützen. Allein dieses Wort machte ihn wütend. Lutziner! Das Wort hatte ihn gezwungen, ebenfalls einen Namen für ihre Bewegung zu finden, obwohl diese Bewegung nie eine hätte werden sollen, denn strenggenommen hätten alle Bewohner der Station Urmutter Beates Anweisungen Folge leisten müssen. Gezwungenermaßen hatte Heinrich die Bewegung nach Beates Nachnamen Die Klingler getauft.

„Die Wut auf die Lutziner verebbe, dem Himmel sei Dank, im Gebet", murmelte Heinrich einen Teil seiner selbsterfundenen Liturgie. Am besten lasse ich einen Teil der Station gegen sie abriegeln. Wer zurückkommen will, kann zurückkommen. Die müssen wir dann aber sorgfältig prüfen, so degeneriert wie die zum überwiegenden Teil sind, dachte er.

„Alle meine Kinder sind gesund und schön, sind gesund und schön, wer will sein mein bestes, muss meine Wege gehn", sang er leise. Es war einer dieser ganz einfachen Gesänge, die er für die Andachten und Rituale entwickelt hatte. Es waren umgewandelte Babylieder. Beate Kling hatte sie all ihren Kindern in den frühen Lebensmonaten vorgesungen. Wie die Babylieder drangen die Rituallieder tief ins Unterbewusste der Stationsbewohner. Tagelang hatte Heinrich in seiner Kammer gehockt und an diesen Gesängen gebastelt. Nein, nicht nach allen Regeln der Kunst, aber doch sehr zweckmäßig. Sie drehten sich allesamt um ihre Mutter und ihre Funktion, um ihre Herkunft, um ihre Macht oder auch darum, dass man ihr gehorchen dürfe, dass man an sie denken solle und dass man an sie glauben müsse. Andere Lieder beschrieben Beate Klings Taten, etwa, wie sie die erste Konservendose geöffnet hatte, oder wie sie es verstand, die Zeit zum Schlafengehen festzusetzen.

Aber er hatte es nicht bei den Liedern bewenden lassen. Unter seiner Aufsicht, zuerst jede Woche einmal, dann alle zwei Tage und inzwischen mehrmals täglich, wurden Zeremonien und Riten abgehalten. Diese Zeremonien und Riten waren stark an Beate Klings Schilderung von Putzstrategien in ihrer Durchführung angelehnt. Dazu probierte er Formalismen, um die Zusammenkünfte nicht nur abwechslungsreich, sondern zudem auch so kompliziert zu gestalten, dass die Bewohner der Station gefordert waren.

Grün oder weiß? Da hatte er den Willen gehabt, sich für diesen Tag aufzusparen und verstand es jetzt nicht, zwischen grün und weiß zu wählen.

Die Tür wurde aufgerissen. Ein Luftzug wehte beide Bänder über den Tisch. Heinrich konnte nur noch das grüne erhaschen. Lola stand in der Tür. Offenbar wollte sie irgendetwas fragen. Als sie aber die beiden am Boden liegenden und das gerade zu Boden schwebende Band sah, dazu das grüne in der Hand verbliebene, stimmte sie ein Freudengeheul an und stürzte hinaus. Im Nu würde es die ganze Station wissen. In etwa einer Stunde würden sie ihm zum Klang ihrer Gesänge und zum Schein der dafür vorgesehenen Lampen seine Auserwählte zuführen.

Da konnte er nicht mehr zurück.

„Dann eben Anja", seufzte Heinrich. „Sie muss ja nicht reden."

Der Mann, der Tom vor dem großen Saal beinahe umgerannt
hätte, war natürlich Makut, der den übrigen Bürgern mitteilen
wollte, dass sich in der Sache bisher nichts ergeben habe. Als er
jedoch plötzlich den Schöpfer vor sich stehen sah, und dass er
es war, konnte er leicht an Körpergröße und Kleidung erkennen, war er erst erstaunt und dann erleichtert. Nun konnte er
seinen bisherigen Auftrag als erledigt betrachten und sich einem anderen widmen. Er entdeckte Hogwin in Toms Gefolge
und gab ihm ein verstohlenes Zeichen. Hogwin entfernte sich,
Makut blieb, wo er war. Es war sicher nicht verkehrt, in der
Nähe des Schöpfers zu sein, wenn es los ging.

Tom betrat den Saal. Der gewaltige Käfig fiel ihm als erstes auf. An den Wänden hingen riesige Plakate. WIR HEIS-
SEN DEN SCHÖPFER WILLKOMMEN stand darauf.
Sogar in mehreren Sprachen, wie Tom vermutete, aber da
täuschte er sich, denn das, was er als Übersetzung des Gru-
ßes hielt, waren nur Verzierungen, die der Kanzler für angebracht gehalten hatte. Unter den Plakaten reihten sich an
den Wänden Tische voller Köstlichkeiten. Die monströse
Statue einer Frau stand im Hintergrund.

Neben Käfig, Plakaten, Statue und Büfett sah Tom ein
Rednerpult und zwei Thronsessel. In dem einen hockte
Kanzler Pembantu, in dem anderen eine in rosafarbenen
Tüll gehüllte Schönheit. Nicht in seinen kühnsten Träumen
hätte Tom solch ein Geschöpf hier vermutet, denn die
Schönheit aller anderen ließ nicht darauf schließen.

Kanzler Pembantu hob mit Toms Eintreten den Kopf,
müde und mit der Gewissheit, dass Makut vielleicht noch

etwas vergessen hatte. Der Kanzler sah einen Mann in einer Tracht, die ihm fremd war. Der Mann zeigte eine geradezu maßlose Unbekümmertheit und auch keinerlei Anzeichen von Beeindruckung, was den Kanzler zunächst ärgerte, denn gerade dafür hatte er den Saal so großzügig ausstaffieren lassen. Der Mann schritt außerdem geradewegs auf ihn und Genivev zu, ohne den geringsten Respekt zu zeigen. Genivev war mit jedem Schritt des Unbekannten mehr errötet. Die Menschen verteilten sich auf die Stühle.

Von Kanzler Pembantu wich plötzlich aller Ärger und an seine Stelle trat ein tiefes Verständnis. So musste ein Schöpfer sein! Er brauchte sich nicht an Regeln zu halten, die ihre kleine Gesellschaft sich ausgedacht hatte. Wer glaubte, ein solches Wesen gar in einen Käfig zu zwingen, der brauchte sich nicht zu wundern, wenn es sich völlig unvorhersehbar verhielt. Das hier war alles ganz richtig.

Der Kanzler setzte sich gerade und versuchte, würdevoll und versöhnlich auszusehen. Genivev hingegen war inzwischen puterrot geworden, was sich mit dem Blassrosa ihres Tüllkleides biss. Ihr war unvermittelt warm geworden, weshalb sie sich durch Wedeln des Kleides etwas Kühlung zu verschaffen suchte.

„Oh", hauchte sie.

Tom sagte nichts, sondern starrte Genivev an.

„Du hast also hierher gefunden … schön", sagte Kanzler Pembantu und ärgerte sich im selben Moment über diese steife Art der Begrüßung. Aber ihm hatte plötzlich klar vor Augen gestanden, dass er rein gar nichts über diesen Schöpfer wusste. Wäre der wie geplant im Käfig erschienen, hätte Pembantu sich mit Rhaankg, noch bevor das Volk eintreffen würde, austauschen können. Jetzt hingegen musste alles improvisiert wirken. Das war ganz schlecht!

„Hat jemand Rhaankg ...", seine Augen huschten im Saal umher. „Aha! Wie ich sehe, ist er jetzt auch endlich eingetroffen."

„Ich bitte um Entschuldigung, aber ich bin leider etwas aufgehalten worden", schniefte Rhaankg, der sich verlegen in der hintersten Reihe herumzudrücken suchte. Jetzt ging er nach vorne und übergab, am ganzen Leib zitternd, die Keule an Kanzler Pembantu. Dem war mit dem Zeichen seiner Macht unter der Hand sofort wohler in seiner Haut.

„Du kannst gleich hierbleiben", wies er Rhaankg an. Dann erhob sich der Kanzler und bedeutete Tom, sich in seinen Sessel neben die glutäugige Genivev zu setzen. Er hatte beschlossen, den Käfig jetzt, da der Schöpfer bereits mitten unter ihnen stand, als gegenstandslos zu betrachten. Er trat ans Rednerpult.

„Wir möchten dich ..."

Er stockte und warf einen fragenden Blick auf Rhaankg. Der warf zunächst einen ebenso fragenden Blick zurück, merkte dann aber, worauf der Kanzler hinaus wollte und raunte ihm Toms Namen zu.

„Wir möchten dich, Tom, in aller Form in unserer Mitte willkommen heißen!", rief der Kanzler.

Dann sagte er etwas über die große Ehre, die Tom ihnen erweise, dass er sicher in der Lage sei, ihre Fragen zu seiner Person und vielleicht auch zu ihrer Geschichte zu beantworten, und forderte schließlich Rhaankg auf zu erzählen, wie er auf den Schöpfer gestoßen sei.

Rhaankg wankte ans Pult und erzählte fiebrig, wie er auf die Kühe getroffen war, wie er in der Zeit vor und zurück gesprungen sei, wie er die Doktoren in Erarbeitung ihres hinterlistigen Planes belauscht hatte. Er erzählte, wie er die Urmutter besuchte, sie aber nicht hatte sprechen können, denn sie sei sehr beschäftigt gewesen, was glücklicherweise niemand hinterfragte, und wie er dann Tom anhand der Firmenschilder gefunden hatte. Dann stellte er sich an den ihm zugewiesenen Platz.

Pembantu schwirrte der Kopf. Eine seltsame Geschichte. Wenn er das Gestammel richtig interpretierte, dann konnte Tom die Urmutter gar nicht kennen. Das erklärte natürlich, warum über Tom nichts in den Aufzeichnungen zu finden war. Das bedeutete aber auch, dass Pembantu seinen Plan von der glücklichen Zusammenführung eines uralten Liebespaares über den Haufen werfen konnte. Diese Zusammenführung hätte aber den Großteil seiner Rede beansprucht.

„Wie du siehst, haben wir keine Mühen gescheut", verkündete Kanzler Pembantu und wies als Überbrückung in die Runde.

„Darf ich vorstellen? Urmutter Bee!"

Er deutete auf die Statue.

Man hätte eine Stecknadel fallen hören können. Wie immer in solchen Momenten hatte allerdings niemand eine dabei.

Tom sagte nichts.

„Bestimmt bist du von der Reise erschöpft, vielleicht willst du auch erst etwas essen, bevor wir dich mit unseren Fragen löchern?"

Tom sagte nichts.

Genivev atmete unüberhörbar.

Kanzler Pembantu überlegte angestrengt, was er jetzt tun könnte. Die Wortlosigkeit des Schöpfers kam für ihn zwar nicht unerwartet, ein Schöpfer hatte schließlich zu schaffen und nicht zu plaudern, aber sie verunsicherte ihn dennoch. Vielleicht sollte er etwas Angemessenes tun? Vielleicht sollte er eine Geste des Verständnisses, der Huldigung, der Ehrerbietung zeigen? Vielleicht einen Kniefall? Eine Umarmung? Oder gar ein Handkuss?

Die kleine Flamme, die Hogwin an die Zündschnur gelegt hatte, machte sich in diesem Moment über das etwa kindskopfgroße Paket voller Sprengstoff her. Die Detonation zerriss die Unterkonstruktion des Wassertanks, der auf der Erde zerbarst. Als Pembantu sich gerade gegen den Kniefall und für den Handkuss entschieden hatte, bebte daher die Erde. Genivev presste sich an Tom, und Tom infizierte sie sofort.

„Habt ihr das gespürt?", rief Makut. „Die Beben hören selbst jetzt, da der Schöpfer hier ist, nicht auf!"

„Ich denk, dass da nur jemand den Wassertank gesprengt hat", meinte Grondil mit einem Blick nach draußen.

„Ich habe so lange auf dich gewartet", gurrte Genivev Tom ins Ohr, und begann, an ihm herumzunesteln. Der Kanzler versuchte weiterhin, Toms Hand zu erhaschen, um ihr einen angedeuteten Kuss aufzusetzen. Rhaankg konnte sich kaum noch auf den Beinen halten. Fiebrige Lichter tanzten vor seinen Augen. Der Kanzler sah ihn wanken, versuchte aufzuhalten, was kaum aufzuhalten war, Tom versuchte das ebenfalls, aber Genivev behinderte ihn zu sehr.

Die Menge sah Rhaankg zusammenbrechen und in ein rosa Knäuel aus Schöpfer, Genivev und Kanzler sinken.

Makut stürzte ans Rednerpult.

„Der Kanzlerplan ist gescheitert!", schrie er. Niemand beachtete ihn.

„Sehr ihr denn nicht, was passiert?", schrie er verzweifelt.

„Ich sehe rosa", meinte Grondil.

Da zückte Makut ein Messer. Ein halbes Dutzend Männer stürzte sich sofort auf ihn, aber Makut war zu stark. Nach kurzem Handgemenge versetzte er dem Kanzler einen Stich, der ihn augenblicklich tötete.

In dem Aufruhr bemerkte niemand, dass Grondil seine Hand zur unbewacht stehenden Keule ausstreckte, sie ergriff und unverzüglich verwendete.

Auf der Raumstation konnte nicht im herkömmlichen Sinne zwischen Tag und Nacht unterschieden werden. Sie wurde permanent von der Sonne bestrahlt, um die Stromversorgung zu gewährleisten. Die Ereignisse nahmen daher lediglich zu einer Zeit ihren Lauf, da für gewöhnlich alle Bewohner der Station schlafen sollten. Beate Kling jedoch lag wach. Eine Übelkeit hatte sich ihrer bemächtigt und zwang sie, sich neben das Bett zu übergeben. Sie japste nach Luft, dann breiteten sich Schmerzen bis in ihre Arme aus. Als sie schließlich das Gefühl hatte, etwas Schweres laste ihr auf der Brust, hielt sie es für klug, jemanden um Hilfe zu rufen. Eine einsetzende Atemnot stand dem entgegen, und so tastete sie schwindelig nach einem Schalter neben dem Bett. Genau neben diesem Schalter war ein weiterer angebracht, der eine ganz andere Funktion erfüllte. Und weil Beate Kling in dem Moment nicht ganz bei Sinnen war, verfehlte sie den Schalter, den sie hatte drücken wollen und betätigte den anderen. Wie aus dem Nichts erschien eine Frau in ihrer Kammer. Die Frau war schlank gewachsen und in eine Schwesterntracht gehüllt. Von ihr ging ein irisierendes Leuchten aus. Beate Kling starrte die Erscheinung an.

Eine Hologouvernante, dachte Beate Kling.

„Bitte warten Sie, bis die Kalibrierung abgeschlossen ist ... bitte warten Sie, bis die Kalibrierung abgeschlossen ist ...“

Die Gouvernante flirrte und flackerte, aber nur für einen Augenblick, dann stand ihr Bild fest im Raum. Das irisierende Leuchten war einem ruhigen, weißlichen Leuchten gewichen.

„Nennen Sie den Erziehungsnotstand, um den ich mich kümmern soll", sagte die Erscheinung.

„Mir geht es nicht gut", stöhnte Beate Kling.

„Inwiefern?"

„Mir ist schlecht ... und dann ist da dieser Druck auf der Brust ..."

„Angesichts Ihrer Situation sind das ganz normale Symptome", sagte die Gouvernante.

„Das kann doch nicht normal sein," ächzte Beate Kling und versuchte sich aufzusetzen, was aber nicht gelang, und so fiel sie zurück in die Kissen.

„Entschuldigen Sie, wenn ich Ihnen da widerspreche, aber Sie sind neunundsechzig Jahre alt, haben neunundzwanzig Kinder geboren, sind für Ihre Größe zu dick und haben einen Blutfettwert ..."

„Woher wissen Sie das alles?"

„Es gehört zu meinen Aufgaben, dies zu wissen. Hätten Sie mich früher aktiviert, dann wüsste ich noch mehr. Offenbar war meine Hilfe bisher nicht nötig, denn laut meines internen Protokolls bin ich jetzt zum ersten Mal seit meiner Installation aktiviert worden", sagte die Gouvernante, und Beate Kling meinte einen schnippisch, vorwurfsvollen Unterton herauszuhören.

Dabei hatte das Hologramm völlig Recht.

Beate Kling hatte ganz bewusst auf die Unterstützung dieser technischen Hilfsmittel verzichtet, denn sie hätte sich nicht mit ihrem Selbstverständnis vertragen. Sogar als die Zahl der Kinder weiter angewachsen war, hatte sie sich lieber selbst um alles gekümmert, bis Heinrich ihr zu ihrem fünfundfünfzigsten Geburtstag einen Wurm ins Hirn gepflanzt hatte. Sie sei die Urmutter und habe sich um Wichtigeres zu kümmern. Sie solle auf ihrem Bett liegenbleiben und das Zentrum der Gesellschaft darstellen. Was darüber hinaus zu erledigen sei, wäre seine Sache.

Sie hatte sich also der von Heinrich verschriebenen Ruhe gewidmet und ihm alles andere überlassen. Das hatte dazu geführt, dass sie sich erst weniger, später beinahe überhaupt nicht mehr bewegte.

„Aber können Sie mir denn nicht jetzt helfen?", stöhnte Beate Kling.

Die Gouvernante flackerte kurz. Dann war ihre Diagnose abgeschlossen.

„Sie erleiden gerade einen Herzinfarkt. Zu meinem Bedauern sind meine Mittel angesichts der aktuellen Lage darauf beschränkt, Trost zu spenden. Hätten Sie mich vor fünfzehn Jahren aktiviert, sähe die Situation besser aus. Ihre Lebenszeit endet voraussichtlich in zwei Minuten."

Und so geschah es. Ohne eines ihrer Kinder noch einmal gesprochen zu haben, ging Beate Kling ein in das Raum-Zeit-Kontinuum.

In dieser geschichtsschwangeren Nacht hätte ihr die Betätigung des anderen Schalters sowieso keines ihrer Kinder ans Bett gebracht. Die kleinen Kinder schliefen, und die anderen waren beschäftigt. Heinrich hatte gerade sein vierzigstes Lebensjahr vollendet und zeugte darum nach einer kleinen Feierlichkeit mit Helga einen Piet. Rolf und Maja zeugten Sembra, Edeltraud und Winfried Walter und Werner, Horst und Liesbeth Karl, Jennifer und Jens zeugten Bert, Harald und Sabine Frank und Lucy. Ferdinand und Olga zeugten niemanden, obwohl sie sich alle Mühe gaben, Charlie und Marion zeugten dafür aber Ernst, Sepp und Anna. Wie durch ein Wunder waren fast all diese Klingler kerngesund. Tatsächlich war es natürlich kein Wunder, denn ein verinnerlichtes Gesetz begünstigt die Paarungen derer, die möglichst weit entfernt miteinander verwandt sind, was hier angesichts der genetischen Ausgangskonstellation nur mittels eines Kniffs der Natur möglich war: Mehrere Allele, also Ausprägungen eines Gens, was für den Laien in etwa mit den unterschiedlichen Farben von Automobilkarosserien vergleichbar wäre. Hormone, Gerüche und auch das Erwachen von Genen, die bisher fest geschlafen hatten, trugen dazu bei, grobe Auswüchse zu verhindern. Nur Jennifer und Jens hatten nicht so viel Glück, denn speziell ihre drei Kinder waren zwar körperlich völlig gesund, aber mit dem Geist haperte es. Speziell ihr Sprachgefühl war schwer gestört. Jennifer und Jens würden sie bei den Lutzinern aussetzen, die zu der Zeit den weitaus größeren Anteil der Gesamtpopulation ausmachten und bei denen drei weitere Kinder nicht auffallen würden.

Der Bulle fiel um wie ein Sack Reis. Seine Beine zitterten nach, dann war es aus mit ihm.

„Na toll", sagte Kuh 1.

„Aber er hat sich tapfer geschlagen", meinte Kuh 2.

„Er war klasse", sagte Kuh 3.

„Euch ist aber schon klar, dass er der letzte war, oder?", fragte Kuh 1.

„Meinst wohl, wir wären blöde, wie?", sagte Kuh 2.

„Und? Hat eine von euch was in sich?", fragte Kuh 1 schnippisch.

„Und wenn es so wäre? Hättest du was dagegen?", fragte Kuh 3.

Die drei Kühe standen um den toten Bullen herum. Ihr schneeweißes Fell bedeckte sie nur noch unzureichend. Die Eichen, die einst hier gestanden hatten, waren verschwunden. Das grüne Gras war größtenteils einer Staubschicht gewichen. Die Mauer war noch da.

„Hast du, oder hast du nicht?", bohrte Kuh 1.

„Nein, verdammt! Er hat es doch nicht mal mehr auf meinen Rücken geschafft."

„Ich kann auch nicht behaupten", meinte Kuh 2, „dass er mir die Freude einer Schwangerschaft bereitet hat."

„Dachte ich es mir doch", stöhnte Kuh 1. „Das ist unser Ende."

„Nun mal´ nicht gleich den Metzger an die Wand", entgegnete Kuh 2. „Wir haben doch noch uns."

„Ja", raunte Kuh 1, „aber dabei bleibt es dann auch. Wir sterben aus."

„Aber wir können nichts dafür", warf Kuh 2 ein.

„Wir hätten ein Veto einlegen können beim Kontinuum. Das wäre immer drin gewesen", sagte Kuh 3.

„Und damit das Erbe der Ahnen missachten? Nie und nimmer!", rief Kuh 1. „Wir haben darüber gesprochen, wir haben abgestimmt, wir haben entschieden. Wir wussten immer, dass wir am Ende selbst dran glauben könnten, aber wir waren uns auch immer sicher, dass es selbst das wert ist."

„Wir haben fast nichts mehr zu fressen", klagte Kuh 2.

„Wir müssen durch die Mauer", entschied Kuh 1. „Irgendwo muss sie einfach schwächer sein."

„Als hätte noch nie jemand danach gesucht! Wir haben nichts mehr zu fressen, der Bulle ist tot, und die Mauer ist unüberwindbar", konstatierte Kuh 3.

„Wir könnten versuchen, drüber zu springen. Der Staub hat sich an einigen Stellen etwas angehäuft, und dann wäre der Sprung nicht so hoch", schlug Kuh 1 vor.

„Hast du dich schon mal angesehen? Du bist klapperdürr. Du springst noch nicht mal über deinen eigenen Dunghaufen."

„Wir könnten den hier an eine niedrigere Stelle der Mauer schieben. Dann müssten wir nur ein bisschen springen", meinte Kuh 2 und stieß den toten Bullen mit dem Vorderhuf an.

„Nur von oben von der Mauer auf die andere Seite müssten wir dann springen", rief Kuh 1 euphorisch. „Das können wir, oder?"

„Wir müssen das können", sagte Kuh 3. „Dahinter gibt es vielleicht mehr zum Fressen, und am Endet stoßen wir auf andere Rinder, die noch einen Bullen haben."

„Für den Fall reißt euch aber zusammen. Die sind dann ausnahmsweise nicht unsere Feinde", mahnte Kuh 2.

So auf ihre Mission eingestimmt, erreichten sie nach einer haarsträubenden Kletterpartie das freie Land jenseits der Mauer. Aber trotz aller Euphorie und trotz verbissener Suche würden sie keine anderen Rinder finden.

„Wie du sehen könntest, haben wir alles soweit hergerichtet", erklärte Manfred, Heinrichs ältester Sohn und rechte Hand. Sie standen in einer geräumigen Halle.

„Wie sieht sie denn aus?", fragte Heinrich. Noch immer war er der Hohepriester und Zeremonienmeister der Klingler, ließ sich jetzt aber Kanzler nennen, weil ihm das Wort in den Dateien aufgefallen und angemessen erschienen war. Inzwischen war er fast blind.

„Hell und geräumig", antwortete Manfred.

„Das war sie früher auch schon, schließlich war diese Halle als Landemodul vorgesehen. Wie viele werden darin Platz finden?"

„Vielleicht einhundertfünfzig?"

„Also gut die Hälfte von uns."

„Gut die Hälfte. Wir müssten also zweimal fahren."

„Aber das geht doch gar nicht."

„Verflucht, du hast Recht!"

„Könnten wir nicht etwas anbauen?"

„Keine Chance. Wir müssten dann ja irgendwie nach draußen. Aber ich hatte mir gedacht, dass wir vielleicht ein Zwischendeck einziehen könnten."

„Prima! Das machen wir. Kriegen wir dann alle mit?"

„Sicher. Alle, bis auf die Lutziner."

Heinrich lachte trocken.

„Opfer müssen gebracht werden. Am besten lassen wir die da", er wies ungenau in Richtung Saaltür, wo die Hologouvernante stand, „auch hier. Sie mischt sich überall ein und akzeptiert von niemandem einen Abschaltbefehl."

„Ich hatte dir bereits erklärt, dass du für die Abschaltung nicht autorisiert bist", schnarrte die Hologouvernante und machte einen Schritt auf die beiden zu.

„Genau das meine ich", flüsterte Heinrich. Insgeheim hatte er etwas Angst vor der Gouvernante.

„Der die Autorisierung zum Abschalten wird von den Eltern auf die Kinder, wenn sie das geeignete Alter erreicht haben, übertragen", erklärte die Gouvernante. „Da bisher nichts dergleichen geschehen ist, unterstehe ich einzig und allein den Weisungen von Beate Kling. Ihr seid demnach alle noch Kinder."

„Aber warum treiben Sie sich immer in meiner Nähe herum? Haben Sie nicht irgendwo etwas Wichtigeres zu erledigen?", fuhr Heinrich sie an.

„Ich warte noch immer darauf, dass die Schmierereien aus der Toilette im Lutzinertrakt entfernt werden", antwortete die Gouvernante vorwurfsvoll.

„Ich hatte bereits mehrfach gesagt, dass ich nicht dafür verantwortlich bin", entgegnete Heinrich.

„Ich hingegen bin sehr wohl der Meinung, dass du dafür in Frage kommst."

In der Halle erschien die Projektion einer Kritzelzeichnung von der Station im All. Ein Pfeil markierte die Richtung, die ein abgetrennter Teil der Station nehmen würde, nämlich auf die Erde zu. Der Urheber dieser Zeichnung hatte in die Station sowie in den von ihr losgelösten Teil Männchen gemalt. Die Männchen in der Station trugen jedoch wirre Haare und ein überdimensionales Skrotum. Das waren Lutz´ Leute. Zu allem Überfluss war die Station doppelt durchgestrichen.

„Nach allem, was ich soeben hier erfahren habe, bestärkt sich mein Verdacht."

„Weshalb sollte ich denn so etwas gezeichnet haben?", rief Heinrich.

„Das entzieht sich meiner Kenntnis."

„Und warum sollte ich es in die Toilette der Lutziner gemalt haben?"

„Auch da bin ich überfragt."

„Ist es nicht viel wahrscheinlicher, dass diese Zeichnung auf das Konto eines Lutziners geht?"

Irritiert blickte die Gouvernante suchend in verschiedene Richtungen.

„Ich kann hier keinen Hinweis darauf erkennen im Moment."

„Vielleicht hatten die Lutziner genau das im Sinn", schlug Manfred vor und schien damit an etwas tief in der Gouvernante gerührt zu haben.

„Vielen Dank, dass du mich darauf aufmerksam gemacht hast."

Mit großen Schritten eilte sie hinaus. Manfred schloss die Tür hinter ihr.

„Zurück zum Plan. Wir müssen dazu allerdings auf Teile des Promenadendecks verzichten, schließlich soll ja auch noch der Rechner mitgenommen werden", meinte er.

„Das hübsche Deck? Das mit den vielen Gucklöchern?"

„Sehr richtig."

„Nun ja, wir müssen eben Opfer bringen."

„Und auch ein paar Ruheräume fallen dann weg ..."

„Sollte möglich sein."

„Und verabschieden wir uns auch gleich von der einen oder anderen Toilette!"

Heinrich sog kräftig Luft durch die Nase.

„Riecht nach Freiheit", meinte er dann. „Freiheit riecht immer so. Haben wir alles genau durchgerechnet?"

„Soweit es uns möglich war", entgegnete Manfred.

Und damit sagte er etwas Wahres. Denn: Was war den Bewohnern der Station während ihres Lebens vermittelt worden?

Im Grunde hatten sie sich alle den ganzen Tag neben dem Essen, dem Schlafen und dem Fortpflanzen damit beschäftigt, wie Beate Kling, der Raumpflegerin, Urmutter und lebenden Göttin die Ehre erwiesen werden konnte, die ihr zustand. Und so wussten zwar alle, was es mit der *Gnade der kühlen Geburt* oder der *Labsal aus ihrem Fleisch* auf sich hatte, aber niemand hätte zwei und zwei richtig zusammenzählen können. Das sollte sie noch teuer zu stehen kommen.

„Hoffentlich kommen wir da unten zurecht", flüsterte Heinrich. „Ich meine, wir kennen doch alle nur das hier. Oder sollen wir nicht doch hier bleiben?"

„Papa, darüber haben wir doch schon gesprochen. Mehrfach! Die Vorräte gehen zur Neige. Der Platz reicht bald nicht mehr aus. Die Station ist der Erde näher gekommen. Außerdem war die ganze Sache so geplant. Die Daten über die Erde erlauben außerdem eine Rückkehr."

„Mutter gefällt das bestimmt."

„Mutter ist tot."

„Ach ja ..."

Keine neun Monate später war es geschafft. Der Teil der Raumstation, der problemlos von ihr abgetrennt werden konnte und so als Landemodul fungierte, war soweit hergerichtet worden, dass alle Klingler in ihr Platz fanden. Es soll nicht von den Entbehrungen gesprochen werden, die sie bis dahin zu erdulden hatten. Es soll nicht von den kleinen und größeren Dramen gesprochen werden, die sich angesichts einer begrenzten und sich noch dazu verringernden Toilettenanzahl ergaben. Es soll auch niemand etwas davon hören, wer da wem auf den Sack ging. Aber es soll etwas über die hoffnungsvollen Menschen zu hören sein, die schließlich, in ihre Säcke gehüllt, in der doppelstöckigen Halle darauf warteten, dass etwas passierte.

Heinrich stand als der älteste von allen auf einem kleinen Podest und lauschte in die Halle hinein, die wegen ihrer jetzt niedrigeren Decke viel dumpfer als zuvor klang. Direkt vor sich hatte er einen Hebel, dessen Betätigung den Trennvorgang einleiten würde. Er hatte nicht nur zufällig die Form jenes Hilfsmittels, das ihrer aller Entstehung in die Wege geleitet hatte. Es war tatsächlich ein umgebauter Proliferationsstab.

Heinrich räusperte sich. Sein ganzes Leben hatte er auf dieser Station verbracht. Mehr als sein halbes Leben hatte er Nachkommen gezeugt, wie es die Regeln und seine Mutter verlangten. Er war sich deshalb sicher, dass sie in diesem Moment sehr stolz auf ihn sein würde. Aber er hatte Angst.

Hier oben war alles genau geregelt, denn eine andere Möglichkeit hatten sie nicht gehabt. Der Raum war begrenzt, die Vorräte auch, und nur die Energie war unerschöpflich.

Aber dort unten auf der Erde gab es weit mehr Platz. Ihre Sensoren hatten registriert, dass der Katastrophe allerhand Pflanzen und Getier entkommen waren. Aber welcher Art würden diese Lebewesen sein? Vielleicht waren sie so gefährlich, dass sie alle innerhalb einer Woche tot sein würden. Aber Heinrich tat zuversichtlich. Eine Gesellschaft, die mehrere Monate mit zu wenigen Toiletten auskommen konnte, würde sich überall behaupten können.

Die Atmosphäre auf der Erde war vielversprechend. So hatten die Sensoren mitgeteilt. Der Staub der ungeheuren Detonation hatte sich gelegt, und die Erde war wieder blau.

Es gab dort einen riesigen Krater. In seinem Zentrum hätte BEM gerne gethront, wie er es sich vorgestellt hatte. Er war allerdings mit YELLOW vollständig verschmolzen

Was würden diese großartigen Menschen für eine großartige Zukunft haben! Heinrich war voll Rührung. Er hatte noch nie einen Wald, einen Fluss oder gar den Himmel gesehen, und das Schicksal hatte diese Erfahrungen auch nicht für ihn vorgesehen. Er, der Lenker dieser Gesellschaft, würde den Preis der Mühsal niemals zu Gesicht bekommen.

Er umfasste den Hebel.

„Seid ihr bereit?"

„Sie sind bereit", flüsterte Manfred ihm zu.

„Dann sei es!", rief Heinrich und drückte den Hebel nach vorne.

Zweihundertundvierzig Haltebolzen schoben sich zurück. Der sanfte Stoß durch den Entkoppelungsvorgang würde die doppelstöckige Halle ganz langsam vom Rest der riesigen Station driften lassen. Dann würden ein paar Steuerdüsen zünden, um die Landehalle in Richtung Erde zu manövrieren. Ihre Geschwindigkeit wäre nicht sehr groß, so dass es auch keine übermäßigen Probleme mit dem Luftwiderstand geben würde, wenn sie in die Atmosphäre eindrangen. Ab einer bestimmten Geschwindigkeit würden Bremsdüsen zünden, noch später sich ein paar riesige Fallschirme entfalten, und noch ein wenig später eine beeindruckende Menge an Stoßdämpferbeinen.

Wenn alles so klappte, wie es sich die Konstrukteure der Raumstation gedacht hatten, dann würde die Landehalle in etwa so hart auf der Erdoberfläche aufsetzen wie eine Mücke.

128 n. Tom

Auf einer Anhöhe, in einer atemberaubenden Landschaft, geprägt von Bergen um eine weite Ebene, vor einem schmucklosen Häuschen, standen zwei Klappstühle.

Auf den Klappstühlen saßen zwei Männer. Die Männer trugen Sonnenbrillen und ließen ihren getönten Blick über die Ebene schweifen. Jeder der beiden hielt ein Glas Portwein in der Hand, und die Flasche hatten sie zwischen sich in ein Grasbüschel gestellt.

Diese beiden hatte Grondil gesucht. Das war nicht ganz einfach gewesen. Bis hinter den Vorhang des Zimmers mit dem Buchenscheitfeuer war es noch ein Klacks gewesen, denn diese Position im Kontinuum hatte die Zeitmaschine natürlich in ihrem Reisespeicher. Aber der Raum war leer, und ein Hinweis auf den Verbleib der beiden war nicht sofort zu erkennen. Durch Zufall fand Grondil aber einen kleinen, weißen Umschlag, der sich als Aufbewahrungsort von Dr. Cellis Testament entpuppte. Hier hatte der Wissenschaftler genau vermerkt, wem er seinen weltlichen Besitz, aber auch seine geistigen Schätze nach seinem Tod übertragen wollte. Er freue sich schon auf den Tag, an dem sich sein Leben dem Ende neige, hieß es dann ganz unten. Und dort stand auch, wie der Mann seinen letzten Tag zu verbringen geplant hatte. So war es für Grondil nur noch ein paar Einstellungen später möglich, den Aufenthaltsort und die dazugehörige Zeit zu bereisen. Keine drei Schritte von den beiden Männern in den Klappstühlen tauchte er in seiner Zeitblase auf. Ein wenig gedachte er ihnen zu lauschen und zum besseren Verständnis dabei ihre Lippen zu lesen.

Und wenn sich bewahrheitete, was er vermutete, dann würde er aus der Zeitblase heraustreten und etwas tun, was er all die Jahre ersehnt hatte, als er sich mit dem Vergleich der Zusammenhänge in seiner Welt und den historischen Texten des Lernprogramms gequält hatte.

In dieser Ebene war sonst niemand.

In anderen Ebenen hatten sich zum selben Zeitpunkt Hunderttausende Menschen zusammengerottet, um dort zu beten, zu klagen, zu lieben, zu singen. Sie wollten nicht allein sein. Dafür gab es hier in dieser Ebene aber jede Menge gelber Steine, schrill gefärbte Bakterienmatten und heißes Wasser. Die beiden Männer hatten nicht nur aus diesem Grund diese Ebene zum Schauen und Trinken gewählt. Viel entscheidender für die Wahl ihres Sitzplatzes war, dass genau hier der Asteroid einschlagen würde. Das erklärte die Abwesenheit von allem anderen, was für Trubel hätte sorgen können. Nur ein paar Vorwitzige mit ihren Mobilkommunikatoren hatten sich in der Entfernung auf einem Berg postiert, um den Einschlag zu filmen und ins Netz zu stellen.

„Siehst du auch den hellen Fleck?", fragte Celic und wies zum Himmel.

„Sicher", sagte Holm.

„Kommt gut rein, will ich meinen."

„Tja, wir haben es so errechnet."

Beide nippten an ihren Gläsern. Etwas Zeit verstrich.

„Würde ja was drum geben, wenn ich mal einen Blick werfen könnte auf die da oben, in ein paar Jahren", sagte Celic.

„Du meinst, ob es was gebracht hat, was wir uns ausgedacht haben?"

Celic nickte.

„Wir können zufrieden sein, glaube mir. Bisher ist alles glatt gegangen, und es wird weiterhin glatt gehen. Geht immer alles glatt, was von solchen wie uns als glattgehend bezeichnet wird", sagte Holm. Der Portwein setzte ihm bereits zu.

„Auf alles Glatte!", rief Celic. „Huch!"

Grondil hätte gerne noch mehr erfahren, aber die Zeitkapsel hatte sich schlagartig aufgelöst und so stand er plötzlich sichtbar vor den beiden Wissenschaftlern. Die Zeitmaschine, die Keule, piepste eine kurze, traurige Melodie. Dann vibrierte sie einen Moment lang. Dann stiegen dünne Rauchfahnen zwischen den Ringen auf. Grondil war sofort klar, was das zu bedeuten hatte. Doch er durfte sich seiner Fassungslosigkeit nicht lange hingeben. Er durfte den Bildern, die ihm allesamt sein nahes Ende ohne Hoffnung präsentierten, keinen Raum geben. Zumindest jetzt durfte er es nicht zulassen, dass sie sein Vorhaben hemmten. Er riss sich zusammen.

„Hab ich euch!", rief er mit funkelnden Augen und ließ die Keule, die jetzt nur noch für eine Sache gut war, auf der Schulter wippen.

„Wo ist der denn hergekommen?", fragte Holm. „Bin ich schon so blau, oder ..."

„Ich stehe hier lange genug, um sicher zu sein, dass ihr die Richtigen seid."

„Die Richtigen was?", fragte Celic.

„Die richtigen Wissenschaftler! Die, von denen Rhaankg erzählt hat. Nach seinem Bericht müsst ihr das sein."

„Rhaankg, wer?"

„Tut doch nicht so unschuldig. Nur euch haben wir es zu verdanken, dass wir zwei Jahrhunderte lang das Programm umschreiben mussten. Nur euretwegen ist alles so schwierig gewesen."

„Es ist etwas schief gelaufen?", fragte Holm.

„Wie viele Vogelarten gibt es?", schrie Grondil.

Die beiden Wissenschaftler blickten sich an.

„Wer will das wissen?"

„Grondil ... ich bin Grondil! Wie viele also?"

„Es gibt eine Menge ..."

„Also nicht nur drei oder vier?"

„Viel, viel, viel, viel mehr", winkte Holm ab.

„Dann hat er Recht gehabt!"

„Wer hat Recht gehabt? Und was beweist das?", fragte Holm.

„Es beweist, dass das Lernprogramm fehlerhaft ist."

Holm rückte seine Sonnenbrille auf die Nasenspitze, um über ihren Rand blicken zu können.

„Du bist Grondil, der ein fehlerhaftes Lernprogramm benutzt und eine Keule bei sich trägt?"

Er warf Celic einen vielsagenden Blick zu. Mehr aus dem Mundwinkel heraus sagte er zu ihm:

„Hatten wir genau das hier nicht zu vermeiden versucht?"

„Aber warum habt ihr das getan?", brüllte Grondil.

„Hey, wir sind Menschen", meinte Holm. „Wir können es halt nicht ertragen, wenn wir verlieren."

„Dass ich das noch erleben darf", grinste Celic.

„Ihr gebt es also zu?"

„Mit dem größten Vergnügen", lachte Holm und schenkte sich und Celic nach. „Was gibt es jetzt schon noch zu verlieren?"

Grondil ließ die Keule in seine Hand klatschen und beobachtete mit Genugtuung, dass die beiden Herren keine Anstalten mehr machten, ihre frisch gefüllten Gläser zu leeren. Jetzt stand er ganz im Zentrum ihrer Aufmerksamkeit. Sie nahmen sogar ihre Brillen ab, zumindest Holm tat es, während Celic den getönten Brillenaufsatz nach oben klappte.

„Wir können das erklären", hauchte Holm.

„Wir hatten uns nichts Böses dabei gedacht", lächelte Celic verkrampft.

„Man hat auch uns betrogen!", rief Holm und wollte sich aus seinem Stuhl erheben.

„Sitzenbleiben!", donnerte Grondil.

„Du willst uns doch nichts antun, oder?", fragte Holm. „Schau mal, das war so ..."

Grondil hob die Keule drohend über seinen Kopf. Die beiden Herren kniffen die Augen zu, zogen die Köpfe ein und hoben abwehrend ihre Arme. Grondil genoss das. Oh ja, so hatte er es sich vorgestellt. Die beiden ausfindig zu machen, sie in die Enge zu treiben, ihnen ihre Tat vorzuhalten, die Keule zu erheben und dann ...

Er wartete, bis sie vorsichtig mit den Augen blinzelten, weil sich bisher nichts getan hatte. Als sie es dann zeitgleich taten, hatte Grondil schon seine Lungen gefüllt, und so konnte er es ihnen entgegenbrüllen, bevor alles ringsherum explodierte:

„Ihr Arschlöcher!"

Aber kann man glauben, dass die Besatzung einer Raumstation, die sich all die Jahre vor allem mit Fortpflanzung und Gottesdiensten beschäftigt hatte, in der Lage gewesen wäre, ein Zwischendeck auch nur halbwegs nach den Regeln der Ingenieurskunst einzuziehen und das so umgebaute Landemodul auch noch zu steuern? Es ahnte doch niemand, dass die ursprünglich vorgesehenen Fallschirme nur eine bestimmte Last trugen. Und niemand hatte auch nur den blassesten Schimmer, wie schnell man fallen kann.

Das, was die Bewohner der Station in der kurzen Phase vor ihrem Aufbruch zur Erde gelernt hatten, war bestenfalls nicht ganz richtig. Dr. Holm und Dr. Cellis hatten ganze Arbeit geleistet. Sie hatten ihr Virus in das Rechnersystem der Station eingeschleust, und es hatte sofort seine Arbeit am Lernprogramm begonnen. Die Nachkommen von Beate Kling lernten in der Zeit, da sie die Umbauarbeiten vornahmen, zwar addieren und subtrahieren, aber eben nicht ganz richtig. Sie hatten gelernt, dass der Apfel vom Baum fällt, aber Dr. Holms und Dr. Cellis′ Virus hatte es gefallen, ihnen ebenfalls weiszumachen, dass ein Boskop ganz anders fällt als ein Granny Smith. Und das waren nur die trivialen Zusammenhänge. Niemand hatte das Virus daran hindern können, solch kryptische Aussagen in die Hirne der neuen Menschengeneration zu pflanzen wie: „Die Erde ist mal Scheibe, mal Kugel, und ihre Rotationsvektoren addieren sich mal mit der Dicke der Erdkruste, mal mit dem Durchmesser zum Quadrat der Eigenschwingungsamplitude der Erde im Hochsommer.“

Kurz nach dem Start war an Bord der Landehalle die Hölle los. Von den Haltebolzen löste sich zwar der überwiegende Teil sofort, der Rest löste sich jedoch etwas später, weil jemand beim Zusammenbau der Bolzenmechanik nicht die vorgeschriebene Menge Schmierfett darüber gestrichen hatte. Das war Albert gewesen, der einen Strapsgürtel oder eine 20-teilige Knopfleiste blind und mit nur einem Finger öffnen konnte. Zentnerschwere Haltebolzen mit ausreichend Fett zu bestreichen hingegen war schlicht unter seiner Würde. Diese schlecht gefetteten Bolzen waren in den Jahrzehnten darum etwas fest gebacken. Die Landehalle geriet daher schon zu Beginn ihrer Reise in Schieflage. Ein paar hundert Schrauben aus der ursprünglichen Decke der Landehalle zu entfernen, um sie für die Montage der Zwischendecke zu verwenden, war zwar gut gemeint, sollte aber Konsequenzen nach sich ziehen.

Unmittelbar nach Eintritt in die Atmosphäre verabschiedeten sich Teile des Daches mit einem hässlichen Kreischen. Mit diesen Teilen des Daches gingen die darin verbauten Fallschirme verloren. Die übrigen Fallschirme öffneten sich unkontrolliert. Es gab einen scharfen Ruck durch die Landehalle, als sich das Gewicht des Bauteils in die Zugseile legte. Der Fall wurde gebremst. Als aber einige der Halteseile rissen, weil das, was sie halten sollten, einfach zu schwer war, geriet die Landehalle in Steillage.

Heinrich hatte sich nach dem Umlegen des Hebels von Manfred auf das obere Deck führen lassen. Er wollte unbedingt von dort die Landung auf der Erde verfolgen. Jetzt aber, mit einem klaffenden Loch im Dach und mit zu wenigen funktionierenden Fallschirmen, war auch er dem rasenden Fallorkan ausgesetzt. Einen Wimpernschlag später wurde er hinausgerissen. Sein altes Genick brach wie ein trockener Zweig, und er wurde nie wieder gesehen.

Manfred hingegen erwies sich als Held. Nur ihm war es zu verdanken, dass die ganze Mission doch noch zu einem halbwegs guten Ende kam. Einen nicht unerheblichen Einfluss hatten die Säcke, in die alle gekleidet waren. Manfred knotete seinen an eines der losen, wild im Fallwind umherschlagenden Seilenden, die zuvor mit den Fallschirmen verbunden gewesen waren. Alle auf dem Oberdeck folgten seinem Beispiel. Als sich die knapp hundertfünfzig Säcke in die dichter werdende Atmosphäre krallten, begann sich die Landehalle langsam wieder in die Waagerechte zu bewegen. Ihr Fall beruhigte sich daraufhin genauso wie ihre Insassen, und die Halle erreichten den Erdboden in etwa so sanft, wie ein Betonmischer es tun würde. Die unfachmännisch eingezogene Zwischendecke hielt der Belastung durch den Aufprall jedoch nicht stand und begrub die Klingler des Unterdecks. Von der Landehalle blieb ein kreisrundes Gebilde übrig, das die Ankömmlinge später mit Brettern nach allen Regeln ihrer Kunst flicken würden. Der Rechner blieb wundersamerweise heil, und die verbliebenen Solarmodule konnten ihn ernähren. Im Übrigen erreichten bis auf wenige Ausnahmen nur die Insassen des oberen Decks lebend die Erde. Sie erreichten die Erde so, wie sie alle erschaffen worden waren: nackt.

Lutz hatte das leichte Vibrieren beim Abkoppeln der Landehalle bemerkt. Obwohl er und seine Leute vom Bereich der Klingler schon lange abgeschnitten waren – an den Verbindungstüren waren Wachen postiert – war ihm das Treiben dort nicht entgangen. Als seine persönliche Toilette ihre Funktion eingestellt hatte, war er gezwungen, eine andere aufzusuchen. Dort hatte er eine Kritzelzeichnung gefunden. Die Zeichnung hatte er bis zum Vibrieren nicht ernst genommen.

Er trat auf den Gang hinaus. Dort lauschte er. Außer den Geräuschen der Station war nichts zu hören. Er beschloss, ins Gewächshaus zu gehen. Von dort würde er den besten Blick auf die ganze Station haben.

Das Gewächshaus hatten sie im Verlauf der Isolation von den Klinglern erfolgreich verteidigt, es war aber inzwischen in einem kläglichen Zustand. Seine Leute hatten sich hier um nichts gekümmert, er selbst aber war bereits zu alt, um die Pflanzungen zu pflegen.

Dunkel lag das Gewächshaus vor ihm, Unkraut wucherte aus allen Ecken, Essbares war vertilgt worden, sobald es gereift war. Niemand hatte die Bäume gestutzt, die Hecken oder das Gras. Man hätte eine Machete gebraucht, um das Dickicht zu durchdringen. Das elektrische Licht funktionierte nicht, denn der Pflanzenwuchs hatte viele der elektrischen Kontakte zerstört. Nur der Zugangsschleuse war es zu verdanken, dass die Vegetation nicht in die Station gewuchert war. Ich muss zu einem der Fenster, dachte Lutz. Er hatte keine Machete, und darum tastete er sich mit dem Rücken an der Wand entlang bis zu den riesigen Fenstern. Dort drehte er sich um.

Majestätisch lag die Station vor ihm. Lutz hatte sie schon lange nicht mehr von hier aus gesehen, aber er bemerkte sofort, dass die Landehalle verschwunden war. Über ihren Verbleib musste er nicht lange rätseln. Sie trieb in einiger Entfernung auf die Erde zu. Lutz wurde es abwechselnd heiß und kalt. Sein Kopf sank auf die Brust. Warum hatte er die Kritzelzeichnung nicht ernst genommen? Warum hatte er die Ursache der Geräusche, die in den vergangenen Monaten die Station erfüllt hatten, nicht herausfinden lassen? Sie hätten bestimmt einen Weg gefunden, die Wachen zu umgehen. Er stutzte. Nein, den hätten sie nicht gefunden.

Dafür waren seine Leute zu degeneriert. Manche konnten außer „Ah" kein einziges Wort sagen. Aber er selbst hätte Heinrich zur Rede stellen können. Warum hatte er es nicht getan? Weil er bisher gedacht hatte, dass seine Sache, dass er selbst wichtiger war als alles andere auf dieser Station.

Er blickte der Landehalle nach. Sie haben uns einfach zurückgelassen, dachte er. Bestimmt haben sie alles mitgenommen, was von Wert ist. Lutz wurde wütend. Sollten sie verrecken! Sollten sie doch qualvoll da unten zu Grunde gehen, wenn sie denn überhaupt ankamen.

Plötzlich wurde es heller in seiner Nähe. Lutz fuhr herum. Vor ihm leuchtete die Gouvernante.

„Lutz, was machst du hier?", fragte sie.

„Das geht dich einen Scheißdreck an!"

„So, junger Mann, das ist genug. Sofort gehst du in dein Bett!"

„Du hast mir gar nichts zu sagen, denn du bist nicht meine Mutter!", brüllte Lutz.

„Wenn deine Mutter wüsste, wie du dich wieder aufführst ..."

„... meine Mutter ist tot, und du bist nur noch nicht abgeschaltet, weil keiner weiß, wie das geht!"

Die Gouvernante lächelte.

„Sieh mal, ich will doch nur dein Bestes. Das kann ich aber nur erreichen, wenn du mir sagst, was passiert ist."

„Dann schau doch mal da raus! Die anderen sind einfach abgehauen!"

Die Gouvernante warf einen schnellen Blick aus dem Fenster.

„In der Tat. Der dafür vorgesehene Teil der Station entfernt sich. Damit ist die Mission beendet. Warum bist du dann noch hier?"

Lutz holte tief Luft.

„Weil Heinrich und seine Leute uns nichts gesagt haben! Wir müssen hier bleiben."

Die Gouvernante schüttelte den Kopf.

„Das ist euch aber nicht zu raten. Es dauert nicht mehr lange, und die Station wird in die Atmosphäre eintreten und dort verglühen."

Daran hatte Lutz noch gar nicht gedacht. Sie waren nicht nur zurückgelassen worden, man hatte sie zum Sterben verurteilt. Um sich selbst machte er sich keine Sorgen. Er würde es ohnehin nicht mehr lange machen. Aber was war mit seinen Kindern? Ihm wurde es schwer ums Herz. Er mochte sie alle, auch wenn kaum eines von ihnen richtig tickte.

„Es ist zwar jetzt, da die Mission beendet ist, nicht mehr von Bedeutung, und ich hatte dich schon viel früher danach fragen wollen, aber hast du diese Zeichnung an eine der Wände der Toilette gemalt?", fragte die Gouvernante.

„Du kannst mich mal!", brüllte Lutz und machte sich auf den Rückweg. Er hatte nur noch eine Sache zu tun, eine, die das erste Mal in seinem Leben nicht seiner Selbstbezogenheit zuzuschreiben war. Er wollte seinen Leuten die letzte Zeit so schön wie möglich gestalten. Vielleicht feierten sie noch einmal eine Party mit allem drum und dran. Eine Party bis zum Ende.

Zurück blieb die Gouvernante, die der Einfachheit halber ihren Verdacht bezüglich des Urhebers der Kritzeleien als bewiesen abhakte.

381 n. Tom

Das Ende war sehr schnell gekommen.

Hilflos hatte Tom mit ansehen müssen, wie sie alle gestorben waren. Alle Fünftausend! Ihr Siechtum hatte nur kurz gedauert. Zuerst gingen die Kinder, dann die Alten, dann der Rest. Tom konnte es sich nur so erklären, dass er irgendeine Frage mitgebracht haben musste, auf die ihre Körper keine Antwort fanden. Ein Antibiotikum hätte ihnen bestimmt geholfen, aber so etwas hatte bisher niemand von ihnen entdeckt. Der einzige, der es hätte entdecken können, Grondil, war mit der Zeitmaschine verschwunden. Ob er jemals zurückkehren würde, war ungewiss.

Zunächst war Tom bestürzt, hatte er doch streng genommen, ohne es zu wollen, seine eigenen Kindeskinder vernichtet. Dann war er einer inneren Eingebung gefolgt und hatte diejenigen, die noch nicht so stark litten, angewiesen, die Verstorbenen unter die Erde zu bringen. Die letzten knapp Einhundert musste er jedoch eigenhändig begraben. Vor drei Tagen hatte es Genivev als Letzte dahingerafft. Ächzend hatte sie ihm wieder und wieder ihre Liebe gestanden und im Fieberwahn eine rosige Zukunft vor seinen Augen entworfen. Tom konnte nur staunen, wie viele Kinder sie sich von ihm wünschte. Am Ende war er traurig, dass diese Pläne nicht mehr umzusetzen waren. Ihr Grabhügel lag in einem stillen Hain neben dem nach wie vor zerstörten Wasserturm.

Beim Ausheben ihres Grabes war er auf Widerstand gestoßen. Fast zwei Stunden hatte er sich gequält, er konnte nicht einmal sagen, warum er an der Stelle überhaupt weitergegraben hatte. Vielleicht nur deshalb, weil da dieser Widerstand war. Als er schließlich einen Gegenstand freigelegt hatte, stellte der sich als ein Straßenschild heraus. Mehr noch. Es war das Schild der Straße, in der sein Institut gelegen hatte. Ganz verbogen war es gewesen, aber durch seine Verschüttung und den Wetteranstrich so gut konserviert, dass er es als Andenken direkt vor seiner Hütte aufstellte. Dabei hatte er sich an einer Edelstahlklammer den rechten Zeigefinger verletzt.

Es war kein großer Kratzer, aber noch in der Nacht fing es an, im Finger zu klopfen. Es folgte ein grauenvoller Schmerzenstag und eine ebenso grauenvolle Nacht. Tom schlief für wenige Minuten ein, wachte aber vor Schmerzen wieder auf, schlief für kurze Zeit wieder ein, wachte der Schmerzen wegen wieder auf. Ein Höllenritt. In den kurzen Wachphasen lief er in der Wohnung auf und ab. Sein Finger war unter der Binde angeschwollen und ließ sich nicht bewegen. Tom wickelte die Binde ab. Sein Finger war schwarz. Panisch vor Angst schlug er sich den Finger mit einem Beil von der Hand.

Aber es war bereits zu spät. Die Bakterien hatten die Herrschaft über seinen Körper übernommen. Sie kreisten in seinen Adern, besiedelten alle Organe und hinterließen Gifte, die Tom in Alpträume schickten.

Zwischen die Alpträume streuten sich Bilder der vergangenen Wochen. Er sah, wie er sich in Grondils Haus einrichtete, wie er Kisten passender Größe als Tritt vor die Fenster, Hängeschränke, die Herdstelle und das Waschbecken stellte, um sie erreichen und benutzen zu können. Er sah, wie er allen Stühlen und dem Bett die Beine kürzte. Dann tauchten Bilder aus dem Kontinuum auf. Er saß vor Gericht, als Angeklagter, als stolzer Erzeuger wie Vernichter eines ganzen Geschlechtes. Dann sah er Genivev. Er würde sich nicht fortpflanzen können. Er würde nicht gerettet werden, er würde nicht einmal mehr leben können. Warum das Ganze? Wer trieb dieses Spiel mit ihm?

Dann sah er, wie er sich in tägliche Verrichtungen flüchtete, wie er die Vorräte der Verstorbenen plünderte und schließlich versuchte, etwas anzupflanzen. Hier hätte das neue Lernprogramm ihm sicher gute Dienste erwiesen, wenn er den Rechner hätte bedienen können. Seine Funktionsweise unterschied sich aber zu stark von derjenigen der Rechner seiner Zeit. Im Grunde genommen wusste er nur über das Einfrieren von Spermaproben etwas genauer Bescheid. Alle anderen Techniken seiner Zivilisation waren ihm so fremd wie die einer außerirdischen. Wenn er es recht bedachte, dann würde er bestenfalls den Buchdruck erfinden können. Das schien machbar, war aber ohne Leser nutzlos. Glücklicherweise hatten seine Leute, wie er sie jetzt nannte, Werkzeuge hergestellt, so dass er zumindest die Erde aufreißen und Samen hineinlegen konnte. Der würde auch teilweise aufgehen. Mit dem Sähen von Samen war sein Wissen, was den Ackerbau anging, allerdings vollständig erschöpft. Er hatte keine Ahnung vom Zeitpunkt der Aussaat, der Bewässerung, der Düngung. Er konnte nur die Samen in die Erde stopfen und abwarten.

Als er im Fieber- und Schmerzenswahn die Keimlinge verdorren sah, wusste er, dass es auch mit ihm zu Ende ging. Er lag in den letzten Zügen, als sich ihm eine Gestalt näherte. Groß und grau blieb sie vor seinem Lager stehen. Tom konnte sie nicht erkennen. Sein Atem flog, sein Blick war glasig.

„Nun, Tom", sagte der Multiple, „du bist der Letzte."

Tom stöhnte.

„Damit wäre der Auftrag erfüllt. Ich hoffe, dass alles nach eurer Zufriedenheit verlaufen ist."

Der Multiple zog sich einen Stuhl heran.

„Wir, und damit meine ich das Raum-Zeit-Kontinuum, das Universum, hätten es lieber gesehen, wenn alles in einem Abwasch erledigt gewesen wäre, aber wir hatten nicht mit eurer Zähigkeit gerechnet. Teufel noch eins. Was sind Kohlenstoffverbindungen doch hartnäckig, vor allem wenn sie so etwas wie Intelligenz entwickelt haben."

Tom schnappte auf seinem Lager nach Luft. Sein Puls raste. Die Stimme des Multiplen drang wie aus weiter Ferne an sein Ohr.

„Raumstationen bauen, Weiterentwicklung, ideale Gesellschaft. Hut ab! Aber Auftrag ist Auftrag. Ich denke, wir haben ihn prima ausgeführt."

Tom stöhnte.

„Wem mache ich was vor? Der Auftrag der Rinder war ein Trick, aber wir hatten ihn bald durchschaut. Wir hätten es also bei dem dicken Brocken belassen und uns das hier ersparen können. Ach die Rinder!. Die sind ja jetzt auch nicht mehr."

Der Multiple atmete tief ein. Er hatte Gefallen an seinem Körper gefunden. Die Luft, die frisch in seine Lungen strömte, machte ihn glücklich. Nur deshalb hing er noch immer hier herum. Sein Blick streifte den Todkranken auf dem Lager. Der schien sich jetzt zu sammeln.

„Warum?", krächzte Tom.

„Du willst wissen, warum wir trotzdem weitergemacht haben?"

Der Multiple lächelte.

„Weil die Rinder Recht hatten."

Toms glasige Augen weiteten sich.

„Ihr seid nichts Besseres oder gar Anderes als wir! Wer so was von sich behauptet, dem gehört eine Lektion erteilt. So was können wir nicht durchgehen lassen. Das geht gegen unsere Ehre. Hättet ihr euch nicht so wichtig genommen, dann hättet selbst ihr bemerkt, dass ihr nur ein Teil von uns sein könnt."

Er erhob sich und stellte den Stuhl in eine Ecke.

„Das Netzwerk aus Neuronen eures Gehirns sieht räumlich wie das Netz der Galaxien und Galaxienhaufen aus. Denk mal darüber nach!"

Er rückte sich den Hut gerade und machte einen Schritt in Richtung Tür.

Er stutzte.

Sehr langsam und sehr leise sagte er:

„Wenn ihr euch aber zu wichtig genommen habt, ihr aber nur sein könnt, was auch uns eigen ist, dann ..."

Tom ächzte.

„... dann müsste auch die Umkehrung ... dann steckt auch in uns ..."

Er starrte erschüttert zum Fenster.

„... dann steckt auch in uns diese Eitelkeit. Und wenn sie euch ins Verderben geführt hat, und ihr seid nicht die ersten, dass kannst du mir glauben, dann könnten auch wir davon eines Tages betroffen sein."

Er blickte auf den Sterbenden.

„Sollten wir am Ende noch etwas von euch lernen können? Die anderen Kontinua schlafen nicht."

Tom raschelte in seinem Bett.

„Ach Unsinn", winkte er ab, „ein ganzes Universum soll an Eitelkeit zu Grunde gehen? Wer glaubt denn so was?"

Er zog die Tür auf. Einmal schaute er noch zurück. Als Toms Blick brach, schloss der Multiple die Tür hinter sich und sah zu, dass er weiterkam.